GOBOOKS & SITAK GROUP©

三日月書版

三日月書版

3 Lost Lamb
微混吃等死 著
手刀葉 畫
迷途之羊
マイゴ
輕世代 FW286
三日月書版

迷途之羊
Lost lamb

Contents

CHARACTER FILE

「我只想看到，真正的妳。」

柳透光

PROFILE

► 高二生
► 175cm

作風低調，對自己的事有點漠不關心，但常常幫助他人。表裡如一的白宣，對他而言，有著強大的吸引力。

Lost lamb

CHARACTER FILE

「所以，透光，你會來找我嗎？」

白宣

PROFILE

▶高二生
▶168cm

知名Youtuber。常和觀眾閒聊，親和力很高的好女孩。
熱愛美食與深度旅遊。
獨自一人時會散發出一股憂鬱、與人拉開距離的感覺。
喜歡坐在海岸邊聽音樂，任憑思緒飛向遠方。

Lost lamb

CHARACTER FILE

「你不是真正的創作者，無法理解她的憂鬱。」

小青藤

PROFILE

- ▶高一生
- ▶165cm

氣息清新，喜歡歌唱，像是青藤一般自然而脫俗，熱愛貼近大自然。是一位即使能隱藏自己的情緒，但總是真實地表現出來的女孩子。

Lost lamb

CHARACTER FILE

「一開始不找我，現在才來，
是發現一個人不好過了吧。」

王松竹

PROFILE

▶高二生
▶177cm

個性懶散，有點嘴賤。喜歡觀察人，也很喜歡聽音樂。想要接觸各式各樣的人，為此做了Youtuber。

Lost lamb

CHAPTER 0

狐面女孩的名字。

深夜。

宜蘭平原的某棟別墅。

一片片蔥田圍繞著我們，附近的灌溉用水道傳來潺潺流水聲。從別墅向外延伸出去的小徑，直到外頭的大馬路都不見人影。

星空與月光，冬季星座高掛。

映照著她白嫩的肌膚。

我抬起頭，想一探究竟到底是誰在安慰我。

但是我看不見她的臉，因為她正戴著那張狐狸面具。

柔順的栗色長髮、穠纖合度的身材、修長流線的雙腿，與那自全身上下透出的空靈感。

她是誰？

本應輕而易舉就能知道答案，此刻我卻完全沒有頭緒。

我動作輕微地看向她的耳垂……嗯，是那枚這幾天白唯一直佩戴的橡樹果實耳環，但這也不能證明任何事。

她摸了摸我的頭，手感覺非常柔軟。

無論是白宣還是白唯，我都不會對這個行為感到抗拒。如果是白宣我會比較意外。但我也是第一次遇到，不知道眼前的女孩是誰的狀況。

白家姐妹是一對雙胞胎。

平常，我瞬間就能分辨出來誰是誰。

「妳是……」

「別問這麼無聊的問題。」

她發出風鈴般的笑聲，隨後豎起食指放在狐狸面具的嘴巴上，暗示著我不要問問題。

這麼簡單的動作，她做起來卻頗有誘惑感。

我聽話地闔起嘴。

她有可能是白宣——光是這點，就足以說服我聽話。

只為了與她交談、與她相處。

一陣微風拂過，輕輕壓過附近一片片的稻田與蔥田。蟲鳴聲在呼嘯而過的風中漸強，等風吹過，田野重新恢復孤寂。

星空與月光是這裡僅有的光明。

戴著狐狸面具的女孩坐下，單手把長髮順到胸前，背靠著椅背。別墅門口的兩張搖椅，正好我坐一張，她坐一張。

「剛剛你很難過。」

「嗯，都被妳看到了。」

「看到又沒什麼，現在好點了嗎？」

「好多了。」

「真的？」她關心地追問。

我苦笑道：「真的，至少我現在能正常地說話了。」

「心情變好了就好。我能幫你的不多，但是可以說一個故事給你聽喔。」

戴著狐狸面具的女孩子溫柔地說：「你想聽嗎？」

「故事？關於什麼的故事？」

不管她是誰——

是氣質空靈，身上總散發著神祕感，與我的關係若即若離，彼此間時而隔著一道透明冰牆的白宣。

還是率真開朗，個性活潑天真，不願意也不會傷害任何人的白唯。

現在的我無比地希望能待在她們兩人身邊，聽她們說說話，跟她們相處。

這是否代表著我變得脆弱了？

「想聽的話我就說。」

「想聽，都想聽。」我回答。

時間也晚了，就當作聽聽睡前故事吧。

反正我又不可能聽到睡著。

我們不約而同地抬頭，望向璀璨星河，冬季星座在頭頂上閃爍著。之所以辨認星座，也是以前一起旅行時白宣教我的。

看著夜空，數著星星。

我轉頭望向身邊的狐狸，她看著星星，久久沉浸其中。

田園的氣息、清新的空氣、深夜的孤寂。

在這樣清幽的環境中，狐面女孩輕聲說起故事。

「很久很久以前，有一個小女孩，她喜歡在鄉下玩耍，到河裡抓魚抓蝦。

某一天，她玩耍時在池塘裡跌倒了。池塘的水很淺，更像是一座小水池，但那是小女孩第一次在水裡跌倒。

「小女孩跌坐在地，水面覆蓋到她的腳踝與腰際。雖然沒有危險，但她很慌張，用手擦拭著漸漸泛紅的眼眶，等其他玩伴拉她起來。」

「嗯。」

一片靜謐，狐面女孩續道：

「但是沒有人拉她起來，可能是擔心弄濕鞋子所以不想走進小池子裡，或是根本沒有想到要拉她。

「無助的小女孩一咬牙，索性用小手撐住，打算靠自己的力氣站起來……卻又跌倒了。她看了看腳踝，發現扭到了。」

「好慘啊……」

我繼續聽故事。

「扭到的腳無法出力，又沒有其他小朋友拉她，當時還小的她頓時不知道怎麼處理，眼淚正要掉下來時，有人跳進了小池子裡。」

「嗯嗯。」

「水花濺起，跳進小池子的是一個年紀跟小女孩相仿的男孩。他穿著布鞋跟短褲，絲毫不在意自己的腳和鞋子都浸泡在水裡，什麼話也沒說就走到小女孩身邊，伸出了手。」

這個畫面在我心中浮現。

「好帥的小男生啊。」

「是啊，很帥吧？」

不知為何，狐面女孩嗤嗤笑了。

我歪歪頭，不解地看著她。

女孩輕輕撥弄著栗色長髮，緩緩說道：

「跌坐在水裡的小女孩愣住了，小男生擔憂地對她伸出手的畫面，就這樣留在了她的心裡。小女孩眼眶本來就紅了，又看見真的有人走下來拉她一把，她忍不住開心地哭了出來。」

「這樣也要哭啊？」

「當時小女孩控制不了嘛。她拉著小男孩的手站了起來，受傷的腳踝不能承受重量，只好扶著對方的肩膀，兩人並肩、艱難地走回家。」

故事到這裡結束了。

別墅前院重新恢復寧靜。

風聲、偶爾傳來的蟲鳴、流水聲，被大自然的樂曲包圍著，坐在搖椅上的我湧起濃重睡意。

我靠著椅背，眼皮沉重。

狐面女孩側過頭來，似乎在打量我。

那雙柔軟的手越過兩張搖椅，親暱地摸著我的頭。

「想睡的話，就休息吧。」

「好，那晚安了。」

進入夢鄉前，我看見狐面女孩直勾勾地望著我。

——我想，我知道她是誰了。

CHAPTER 1

青籐與松竹

從宜蘭回來後，好好休息幾天的我恢復了元氣。

天氣很冷。

寒流來襲的臺北，氣溫直降到十度以下。

走在街道上，迎面拂來的冷風都能讓臉上感受到微微刺癢。

我在發熱衣外頭穿上了保暖的灰色套頭毛衣，與一件黑色亞麻長褲，披上外套後前往王松竹家。

他家位於水昆高中附近，靠山一側區域的巷子裡。有些偏僻，更貼近大自然，也顯得寧靜。

早已用手機跟他打過招呼的我，加快腳步走進公寓。天氣太冷，我將雙手插進外套口袋，往上走到二樓。

左側住戶就是王松竹的家，我按了門邊的電鈴。

「松竹，是我。」

「喔，來了。」

松竹打開門，我在玄關處換上室內拖鞋，跟著走進室內。

鋪上木板的地面踩起來很舒服。

松竹的爸媽似乎在工作，這個時間點不在家裡。

「坐吧，要喝什麼？」

「有綠茶嗎？」

「嗯，我看看。」

松竹穿著淡藍與黑色相間的連帽外套，悠哉地走進廚房。

我坐在客廳的L型沙發上，抱著觀察的心情，視線轉向屋內四處。一堆上雜物的鋼琴靜靜待在角落，彷彿訴說著無法輕易開口的陳年往事。一盞吊燈懸掛在天花板，暖橙色壁燈在牆角點亮客廳。

空氣間瀰漫著淡淡精油芳香，不知名的鋼琴古典樂在室內悠揚。曲風優雅，聽起來很悅耳。

上次來這裡的感受也是如此。松竹家的氣氛不知道為什麼，分外寧靜和諧。

我從隨身背包裡拿出筆電，放到沙發前的木桌上。

給松竹看看我第一次自己獨立剪輯的影片，是這趟拜訪的主要目的。

我與他，還有小青藤，一起登上陽明山海芋園，在一片氤氳繚繞、與世隔絕般的夢幻海芋園，共同體驗了一段美好的旅行。

還是不久前的事。

松竹端著飄散熱煙的茶杯走回來，另一隻手裡的茶葉罐上寫著「杉林溪」。

「拿去。」他說。

前傾身子遞給我茶杯時，他看了我的筆記型電腦一眼。

微微歪了歪頭，松竹坐向L型沙發的另外一排。

他左手拿著茶杯，右手自在地擱在沙發椅背上。

「你剪好了？」

「嗯，這是我第一次自己一個人剪完整部影片。」

自己。

一個人。

話都還沒說完，感傷的情緒從心裡深處湧出。在寒冷的二月天，寂寞被放得更大。

索性，我嘆了口氣。

松竹雙手抱在胸前，好奇地問道：「所以你在追逐夜星的白宣頻道待了這麼久，一直都是你們兩個人一起合作、一起剪片？」

「對。」

「喔，那來看你剪的影片吧。」

筆記型電腦被拿到中間，王松竹接過無線滑鼠，點了一下影片播放程式。

陽明山的海芋園之旅，透過螢幕緩緩揭開序幕。

搭車，與旅行路線討論。

前往水氣豐沛、山嵐繚繞的陽明山，走出煙霧濃密的隱密小道，彷彿穿過神祕的隧道走到另外一個空間。染上露珠、氣質高雅的白色海芋，在宛若獨立於世界之外的朦朧山谷間，遍地生長。

氣質與海芋相稱，清新脫俗的小青藤。

她用歌聲，填滿了白宣不在所產生的空虛。

她用身影，填滿了白宣不在所留下的空間。

在王松竹隨行拍攝之下，每個鏡頭都捕捉得非常完美。

影片持續播放。

我忍不住說道：「松竹，自己剪過影片才真的發現你很會攝影。無論我想剪出什麼畫面，都能找到需要的素材。」

「當然了，只是那天下雨，我都快累死了。」

王松竹平淡地說完，故作瑟瑟發抖的模樣。

即使如此，他的視線沒有離開螢幕，顯然對剛才的畫面剪接有些想法。

影片來到結尾。

在找到白宣埋藏於大芋園裡的線索前，突兀的那一場雨。

畫面聚焦在望向灰濛天空的我與小青藤。

雨點紛飛，雨幕片片灑落海芋田，鏡頭往上一轉，帶向遠處群山，收尾用的文字用特效做成如雨降下一般的效果。

點點文字飄落。

「吶，透光，這個效果你很會啊。」看到最後，王松竹忍不住放下茶杯，續道：「差不多了，品質還不錯。」

「唔，真的嗎？」

「之後我會寫幾點建議寄給你，你可以看看要怎麼調整。不改也沒關係，這是你第一次自己剪片，直接發布也好。」

「好喔。」

說得平靜，但我心裡還是鬆了一口氣。

平常有白宣在，影片都是由她主導，包括拍攝、剪片、發布，一手包辦。

儘管我會全程參與，充其量也只是輔助角色。

杉林溪綠茶還剩半杯。

白煙早已消散。

「其實你好像有當 Youtuber 的潛力吶。」

我微微一愣。

松竹的聲音輕微得像是呢喃，但又像是刻意控制得能讓我聽到。此刻我們的視線並未交會，更分別坐在L型沙發的兩邊。

我該回應嗎？

又該用什麼的態度回應？

思至此，我聳聳肩。

「說得好像我現在就不是 Youtuber 一樣。」

「你之前是 Youtuber 嗎？」

「我是追逐夜星的白宣裡的墨跡啊。」

「墨跡不就代表，需要有白色宣紙才能展現自己的存在嗎？」松竹的口吻並非提問，更像是確認心裡的答案。

我抿了抿唇，說不出話。

王松竹起身走向客廳中央，經過鋼琴時，手指輕撫而過。沉積已久的灰塵被抹去，琴蓋上立刻出現一條明亮的路徑。

那架鋼琴，有多久沒有人彈了？

有多少年，這間房子鋼琴聲不再流轉？

氣氛稍稍產生了變化。

他的手指輕輕劃過琴蓋時，一直作為背景的古典樂，忽然加入了較為激昂、情緒高亢的小提琴。

毫無疑問，我想起了那一天的光景。

在陽明山大芋園的餐廳，小青藤展開一個人的歌唱。起初是她清新、富有情感的旋律，後來卻透散出透明得難以觸及的寂寞。

因為透明，所以看不見。

既然看不見，又怎麼能觸及？

在小青藤愈來愈悲傷，即將被難過所淹沒時，有人走入了那個空間。以琴音，躍入小青藤身邊。

同樣富有生命力的琴音，接受了小青藤所有悲傷的情緒，並以溫柔、渾厚的琴音，擁抱著小青藤，帶著她走出惆悵的泥沼。

那一天的松竹會彈鋼琴。

毫無疑問。

然而當小青藤唱完歌，想確認剛才到底是誰在彈琴，是誰能與她配合得這麼完美，卻什麼人也沒看見。

松竹與小青藤之間的矛盾，涉及才能與自卑的事。只要松竹的手指輕碰琴鍵，與小青藤共同演出歌曲，一切就能迎刃而解。

不是嗎？

「是說，松竹，為什麼你不彈琴了？」

「等我想彈，我就會彈的。」

王松竹的回應模稜兩可，他的手指離開琴身，身影看起來帶有一絲落寞。

我不禁感到好奇，曾經發生過什麼事。

「為什麼你現在不想彈琴了？」

「因為不快樂。」

「為什麼不快樂？」

「大概可以這樣說吧——我從小到大一路練琴，不過並沒有把鋼琴視為我唯一想做的事。說白了，我靠著彈琴能吸引一些女孩子，認識很多很多人，但也是因為鋼琴，讓我跟一個很好很好的朋友慢慢斷掉聯絡了。」

「……嗯。」

很好很好的朋友。

我沉默了幾秒，這幾乎是第一次聽到松竹這麼形容別人。

「我們曾經一起做影片，一起努力拍片、剪片、討論，每天都想著怎麼變得更紅，做出更好的作品，有著戰友一般的感情，但時間一久，衝突也愈來愈大……好了，就說到這吧。」

他揮揮手，走向廚房，拿出一盤雜糧貝果與果醬。

一身悠哉的他坐回座位，不疾不徐地把果醬塗上切開的貝果。流淌在室內的音樂，節奏也重新回到緩慢的鋼琴古典樂。

松竹把抹上果醬的貝果懸在與我之間的半空。

「要吃嗎？」

「嗯，我有點餓了。」

我伸手接過，這片貝果還是熱的，可能我來之前松竹就在烤了。

松竹修長的手指拿著果醬刀，繼續抹果醬。

「現在呢？你從銀柳道回來，下一個地方要去哪裡？」

「暫時沒有了。」

「什麼？」

果醬刀停留在貝果之上，松竹面露驚訝。

「埋在銀柳道的時光寶盒，找到是找到了，只是……」

「發生了什麼？」

「這個……」

我想了一會兒，實在不知道該如何開口，也不知道該不該一五一十地說出來。

目光，與松竹交會。

從他擔心的雙瞳裡，我看出他迫切想要知道究竟怎麼回事。

那是出自於彼此的友情，不只對我，還有對白宣。從一開始大家都還沒有名氣，紛紛踏上創作的旅途那一刻——

註定我們會一起走下去。

我重整思緒，將銀柳道的記事緩緩說出。

白唯戴上狐狸面具，身為白宣的雙胞胎妹妹，她們身形極像。白唯戴上面具後，在那處的粉絲紛紛以為她是白宣，被她吸引走了。

我挖開土堆，挖出那個時光寶盒。

白宣清秀的字跡，映入眼裡。

透光兒：

跟你一起旅行，四處拍影片，一直都是最讓我開心的事。

我時常想，哪天我們不再拍影片，不再當 Youtuber，只是單純地為了旅行而旅行，那樣你還會跟我一起上山下海、到處玩嗎？

這是我們的時光寶盒，我想寫大膽一點的話——透光兒，你會喜歡不再是Youtuber的我嗎？

說完後，我無語地閉上雙眼。

松竹也陷入了沉默。

他大概完全沒有想到，在我追尋白宣的旅途中，居然會收到這樣的訊息。字裡行間透露著對成為Youtuber的懷疑。

我心裡非常明白，對Youtuber的身分迷茫到不知如何是好的白宣，質疑自己要不要繼續拍影片是很正常的事。

王松竹輕嘆口氣。

「透光，你怎麼想？」

「在我最脆弱、最難過時，心中想起來的人都是身為Youtuber的她。」心裡傳來一陣波動，我堅定地說道：「但是，我喜歡的是白宣。不管她要不要繼續當Youtuber，或是明天就解散粉絲團……我都無所謂，只要我們能一起上山下海就好。」

一起去看櫻花。

一起與海龜浮潛。

一起走進罕無人跡、獨立於時間之外的祕境。

「只要這樣，就夠了。」

松竹不置可否地點點頭，想了想後說道：「透光，你確定這樣就好嗎？」

「你想說什麼？」

「就我來看，白宣的信裡充滿了迷茫和猶豫。」

「是啊。」

「白宣更像是想繼續當 Youtuber，卻找不到快樂拍片的方法，也很懷疑你是不是只喜歡身為 Youtuber 的她。她對自己在螢幕前後的形象不同，很在意。」

「嗯，這些我都知道。」

無力地嘆息一聲，我喝了一口綠茶，幾乎沒有味道。我的雙手在膝蓋上交握，垂頭看著地板。

從寒假開始的那一天。

追尋白宣的旅途中，我漸漸瞭解到她所遭遇的迷惑。

Youtuber 白宣，跟私底下的她是不同的人。

這也是困擾她很久的事。

真正的白宣，是一位氣質空靈的女孩，有股自然的神祕感。當她空靈的視線與人接觸，無人能豁免於她的吸引力。

「寫那封信時，追逐夜星的白宣大概五萬人追蹤，現在已經五十萬了。這期間，白宣都是自己獨力面對那些事。」

伴隨著人氣成長，白宣的心路歷程，她從未跟我說過，而我已經是最貼近她的人了。

想到這裡，心裡就很難過。

白宣實在獨自承受了太多事。

不過，也多虧時光寶盒裡的信，我才終於釐清了這趟旅行的意義。

「結業式那天白宣消失了，留下線索，讓我思考要不要去找她。」

「嗯。」

「她選擇消失的原因是因為迷茫，而在尋找她的這趟旅途，我可以更瞭解她的一切，並一步步走近她——最後跟她一起面對那些事，解決心裡的煩惱。」

如果白宣迷失了方向，那我就踏上與她相同的道路，努力接近她，與她一起尋找解答。

「原來你已經想到了啊。」

松竹的嘴角微微揚起。

「當然。」

我不由得笑了。

「我想透過拍影片的方式，以真正的 Youtuber 身分，體驗做白宣做過的事。」

「喔，用追逐夜星的白宣頻道發片嗎？」

松竹指了指螢幕。

我搖搖頭。

海芋園的影片只是初步的嘗試，要更加貼近白宣的迷惘與苦惱，我就不能用白宣策劃的點子，而必須從頭至尾，都自己發想。

也不想一再依靠熟識的友人。

倘若始終要靠著「追逐夜星的白宣」其中墨跡的身分，不斷運用著過去所建立的人脈去拍影片。

我是不會有任何新的體悟跟成長的。

我認真地說道：「松竹，你認識很多 Youtuber 吧，介紹幾個人給我認識，我想帶一個人一起去拍影片。」

「就像白宣帶著你一樣嗎？」

「沒錯。」

「人選呢，有沒有什麼特別的要求？」

「一定要是沒有和追逐夜星的白宣合作過的 Youtuber 吧？個性最好有趣一點，特別一點。」

「就這樣嗎？」

「嗯，其他要求……還有，他要想跟我一起去旅行去拍影片，對我要做的旅行影片有興趣，不然我也不好意思麻煩人家。」

一秒、兩秒、三秒，松竹抱著胸口的雙手緩緩鬆開。

「好，給我一天時間。」他說。

「謝了。」

說實話，我與白宣也不是沒有認識其他 Youtuber，但論人脈廣度，還是不可能贏過經營「廢材上的風霜菇」頻道的王松竹。

陽明山海芋園的旅行，給了我很多想法。除了小青藤與松竹，我必須接觸更多 Youtuber。

不這樣做，我總有種感覺，自己將無法獨立、無法成長。

更不用談作為一個 Youtuber，理解白宣。

離開松竹的家。

下午，我搭車前往市區另外一個地方。

位於深巷內的獨立唱片行，外觀有股濃濃的復古感。

顏色多使用原色，刻意突顯出時代感的店頭設計。門口貼上的宣傳海報早已過時，招牌也顯得斑駁，但老闆並不在意。

唱片行內。

女孩背靠著角落的柱子。

她微微垂頭，臉頰兩邊的鮑伯短髮遮掩了她的側臉。耳朵從頭髮間露出，有著三角形標誌的耳道式耳機正掛在她耳上。

她的左手輕輕扶著耳機，右手則拿著一本手帳。

一心一意聆聽著音樂，整個人沉浸其中的模樣，雖然她站在角落將自己隱藏，但在唱片行裡依然鮮明。

只要經過，都會留意到她。

我走到正傾心投入音樂裡的女孩附近，試聽另外一張唱片。

不同於自備高階耳機的女孩，我使用了唱片行設有的全罩式耳機，能隔絕噪音、在衝刺期效果過得去，有一定的低頻下潛，對我來說就足夠了。

唱片上寫著「蟬時雨」。

過了大約半小時，女孩的注意力才從音樂王國中抽離。

她自然地別開眼前的髮絲，晃了晃腦袋，讓臉頰兩側的柔順髮絲重新覆蓋耳畔。她往唱片行的走道一看，終於看見了我。

「咦……透光？」

「午安，小青藤。」

小青藤張大雙眼，向右歪了歪頭。

「你早就到了可以跟我說，等多久了？」

「半小時左右。」

「一直在默默偷看我嗎？」

「沒有好嗎！」

「真的？」小青藤非常懷疑。

「沒有，是剛好我也想聽聽音樂。」堅決否定後，我故作輕鬆地說道：「這是我第一次走進這間唱片行，好特別的地方。」

「是吧，這間店超有名的。」

小青藤收回自己的三角形標誌耳機，珍惜地放回口袋中。

穿著可愛的米色針織毛衣，內裡是一件合身的白色襯衫搭配青綠色短裙。似乎有雙毛線手套也塞在口袋裡，她很怕冷。

周圍很安靜。

寒流來襲的冬日午後，唱片行裡只有小貓兩三隻，本就寧靜的唱片行，當我把耳機掛回牆壁，轉瞬間進入靜謐空間。

和煦的暖陽從較高的窗外照了進來，映照著收藏唱片與雜誌的木櫃。

乾燥的空氣。

室內飄散著淡淡咖啡香。

小青藤勾起嘴角，燦爛地笑了。笑容很美，看起來好溫暖。

氣質柔軟、溫和的她，維持著低調不外顯的個性，雙手垂落在毛衣兩旁，目光望向我的身後。

「別在這裡說了，去前面的咖啡廳。」

「好。」

「走吧。」

小青藤輕快的腳步越過我身邊，俐落的鮑伯短髮隨著腳步一晃一晃。推開玻璃門，她走向了設在唱片行櫃檯前方的咖啡桌。

「一杯拿鐵。」

「再一杯。」

我跟在她身後入座。

燈光明亮，空氣通暢。這裡的位置與提供客人試聽唱片的區域隔開，設有一道玻璃門隔音。

入座的小青藤，清澈的雙眼盯著我。

「柳透光，下一個地方你要去哪？」

「沒有所謂的下一站了。」

「你已經到終點了嗎？」

「還沒。」

「呵呵，那你就永遠有下一個地方可以去。」小青藤露出微笑，毫不擔心似地往後靠向椅背。

「也是。」

猶豫了幾秒，我思考著要不要把在銀柳道找到的信告訴小青藤。

要說嗎？

還是不要好了。

沒有必要，也沒有理由讓小青藤涉及這麼多，追尋白宣的旅程，不應該再麻煩她了。

小青藤拎著咖啡杯，就在嘴唇邊，「特地約我出來，是想聊什麼呢？」

想也沒想，我單刀直入話題。

「妳很瞭解松竹嗎？」

「如果是面對其他人，我都能回答很瞭解，但提問的人是透光你，所以……不好說。」

「別管我了，妳認為自己瞭解他嗎？」

「當然。」

小青藤稍稍前傾身子，咖啡擱在桌上。

她伸手把臉頰右邊的髮絲別向耳後，露出白皙無瑕的側臉，眼神從桌面瞟向遠方。

片刻後，清冷的聲音傳出。

「我是在國三上學期認識王松竹的。」

「到現在有一年多了啊。」

「對，國三時我常常看他跟別的 Youtuber 合作的影片，雖然很多都只是吃飯聊天、日常閒聊、實況一些有的沒的事，但還是很有意思。」

「嗯，我同意。」

那些隨意批評他的人，大多不懂他的價值。

松竹的個性懶散，但待人隨和，又很擅長觀察別人、聽別人說話。這些特點都很適合跟人聊天。

廢片大師，但有趣。

談論自己、談及別人總是能保持內斂清冷的態度，做事低調但具有自信的小青藤，為了王松竹而著急地解釋。

「我也知道，在不少人眼裡他只會出廢片，靠 Feat 別人培養人氣，但我永遠記得，他做的影片陪伴了我好長一段時間。他好聽的聲音也是。無數個夜晚，我找不到人跟我聊最近聽到什麼歌，在房間裡一個人，都是靠聽著他的聲音、看著他的影片度過。」

「原來是這樣吶。」

我能想像。

小青藤坐在椅子上抱著腿，戴著耳機，認真觀看松竹影片的模樣。

「有一天我鼓起勇氣跟他聊天，在上百條留言裡說話，想不到他很快就回覆我，那時我的心臟都快跳出來了。」

說到這裡，她臉蛋上浮現幾點暈紅。

「唔，後來呢？」

「後來我們愈來愈常聊天，也互相加了私人通訊軟體。王松竹知道我很喜歡音樂，鼓勵我上傳自己創作演唱的歌，說會幫我宣傳……漸漸我就紅了。」

「哈哈，這段松竹沒跟我說過。」

我想，松竹是希望獨自擁有這段回憶。

我重新望著眼前的小青藤，她的酒窩因說完這段故事而透著害羞的粉紅色。

今非昔比。

現在的小青藤擁有十萬多粉絲，在知名度上早已壓過了王松竹，而且在臺灣的 Youtuber 音樂人中算是有名氣的大手了。

即使如此，他們的感情很好。

雖然稱不上情侶，但彼此心裡都有對方，都為了對方著想。

真是美好的感情吶。

「我的事說完了。現在，你該告訴我今天約我的目的了吧？」

小青藤收回凝望遠方的目光，直直地看著我。

我喝了一口咖啡，將雙手放在桌上，略顯緊張地交握。

接下來要說的，恐怕是不該說的事。

唱片行的咖啡內用區忽然響起了悠揚的長笛聲，音符彷彿在風中飄揚。美麗，而遙遠。

我在心裡暗自下定決心。

「小青藤，那天在大芋園的小屋裡……」

「你想說彈鋼琴的人是松竹嗎？」

「咦？」

我震驚地抬起頭，與她四目相對。

小青藤勉強露出微笑，這是我第一次看到她牽強的笑容。

她將髮絲別到耳後，輕聲說道：「我啊，一直都知道喔。」柔軟的唇瓣因笑容而無奈地彎起，「雖然王松竹很保密這件事，也從來不跟我說，但我一直都知道喔。」

「知道什麼？」

「我知道他會彈琴，而且水準很高。」

「原來妳早就知道了。」

我完全沒有預料到這件事。

「最早是在視訊聊天時看到他的背後有一架鋼琴跟琴譜，而且他對樂理跟演奏都有很深的瞭解。能精準地給我建議，一般人根本做不到……他應該是沒有想到吧。」小青藤頓了片刻。

「那天在大芋園我唱起歌，唱著唱著有點陷進情緒裡，可能是煙霧繚繞的景色跟細雨紛飛的灰色天空，太戳到感動我的點了。當我無法自拔時，引領我走出情緒的琴聲……」

「……嗯。」

「我知道一定是王松竹彈的琴。」

「那妳為什麼不說破？」

「柳透光，我怎麼說破呢？」

小青藤捏著襯衫的釦子，表情有些苦澀。

「因為他對我隱瞞，一定有他的原因啊。明明只要他願意彈琴，依他的實力完全可以和我合作出音樂作品，演出也不是問題。」

不只是拍攝影片，線下的演唱會也能一起。

依那天在大芋園聽到的琴聲，王松竹甚至能讓小青藤的歌唱到達另外一個高度。

不彈琴，太可惜。

「要是他願意彈琴，跟我一起上臺該有多好？」

小青藤盯著茶杯，不甘地說著。

「妳也不知道他不彈琴的原因嗎？」

「我不知道。」

她那雙乾淨而天真的眼眸凝視著我。

你知道嗎？

我還真是不知道，我搖了搖頭。

「交給我吧。我也覺得，要是能看到你們兩個一起合作演出，肯定是一件很美好的事。」

「真、真的嗎！」

小青藤瞪大雙眼，捂住小巧的嘴巴。

「真到不能再真了。雖然沒有辦法給妳確切期限，但我一定會找到王松竹不彈琴的理由。」

畢竟我早已承諾，會幫助你們——我暗自想著。

CHAPTER 2

疏影橫斜水清淺

二月。

楓樹凋零，櫻花逐漸綻放的時節。

寒流持續影響北臺灣，氣溫很低。

我走在某間藝術大學附近的街道上。時值寒假，在這裡出沒的大學生很少，整條街十分空曠。

大學校園附近有著一條長長的河堤，河堤旁連綿著綠地。

河堤附近沒有高樓，天氣好時，能看見一望無際的藍天，漫長溪流就在旁邊。

我和白宣常常來這裡散步。

在街道漫步，路過賣鯛魚燒的小攤販，我順手買了兩個。熱騰騰的鯛魚燒飄散熱氣，捧在手裡很溫暖。

這是給約好等等見面的人買的點心。

捧著鯛魚燒，我獨自一人等紅燈過馬路。

馬路彼方是藝術大學的校門，現在沒有學生經過。

無人的校門。

彷彿一旦跨過那道門，就會穿越到另一個獨立的時空。

冬天特有的孤寂感忽然從四面八方湧來，我裹了裹羽絨外套，呼出一口熱氣，往前穿過斑馬線。

這間藝術大學有個美麗的名字——浮萍。

我不是第一次來這裡，卻是第一次來這裡找人。

經過了宜蘭平原的旅行，從銀柳道挖出我與白宣當初埋藏的時光寶盒，在夜晚的田園別墅前院讀了那封信。

還有摸摸我的頭安慰我的她。

想到這，心裡傳來一陣隨著思念鼓動的痛。

與松竹聊過後，我加深了決心，要一個人拍影片，透過做著白宣所做過的事，一步步走近她身旁。

她所遭遇的迷惑，所經歷的痛苦。

如果我也是一個真正的 Youtuber，而不是依附白宣的墨跡，或許就可以感同身受了……

「是嗎。」

我微微皺眉，斬斷這不會有結果的思考。

穿越校門，走進學校。

偌大的前院與草坪在眼前展開，視野遼闊。

浮萍藝術大學很大，我拿出手機地圖往目標前進。

校園一角，種滿杜鵑、繡球與各種植物，鳳凰木圍繞的花園後方，有一間堪稱鳥語花香相伴的社團教室。

獨立電影社。

我要找的人就在那裡。

沿著使用矮矮的木柵欄圈出範圍的花園邊緣前進，空氣中飄盪著露水與土壤的氣味，偶爾傳來幾聲鳥鳴。

這幾天時常下雨，到處都是雨水的氣息。

這裡非常寧靜。

花園將喧譁的校園隔絕在外。

隱藏於校園邊緣地帶的社團教室外牆，貼了幾張獨立電影的宣傳海報，看不見院線片的蹤跡。

腳步一停，我笑了，不禁開始期待她是什麼樣的女孩。

與水昆高中的教室相比，獨立電影社的社辦幾乎是兩倍大。我在前門敲了兩下門，推門走了進去。

「午安，打擾了。」

一眼望去，一張淺色木桌貼著窗邊。窗外灑入微弱陽光，映著平鋪在木桌上的稿紙，與擱置一旁的鵝毛筆。

幾張沙發放在社團四周，四壁還擺有書櫃，收藏書本、雜誌、影片盒。數不盡的雜物堆放在地上，走路都得小心避開。

看起來是給訪客跟社員們坐著聊天的交誼區，那裡的玻璃桌上堆滿紙筆，還有幾杯人魚咖啡的玻璃杯。

我被獨立電影社的擺設吸引了，要是能在這裡度過一段時光，跟伙伴們看看電影、聊聊影片、回憶旅行，應該會是很值得懷念的時光吧。

「有人在嗎？」

呼喚了一聲後，沒有聽到回應。

給社員跟訪客自由使用的空間其實沒有外面看起來那麼大，我看見另一端有一塊用黑色簾幕分隔的區域，似乎是拿來作為小型電影播映室。

那裡有一扇門。

門從內側推開了。

一位長髮飄逸、身材高眺的女孩子從門內走了出來。

她穿著時尚的米黃色長版大衣，下襬直到膝蓋，內裡是一件滾天藍色邊的白襯衫，搭配一件灰色七分褲。

略微寬大的衣服，反而突顯出她骨感得不太健康的身材。

她望向我。

我愣在原地。

並不是因為被女孩子注視而愣住，而是看到她泛紅的眼眶積滿淚水，一副泫然欲泣的模樣。

我看傻了。

為那雙因淚水而迷濛的雙眼。

「你是誰？」

「我是……」

我正要回答。

「算了，嗚哇啊啊——」

她不等我說完，忽然放聲哭了起來。

天啊，這什麼狀況？

她絲毫不介意我在場，也不介意露出難為情的模樣，盡情地哭泣著，自由地宣洩情緒。

纖細得彷彿一折就斷的手腕，不時拂去從泛紅的眼眶裡溢出的滴滴淚水。眼淚滑過她的臉頰，落地。

她雖然站得筆直，但身子忍不住顫抖，頭更是從未抬起。哭聲持續，沒有變小，也不可能停下。

最後她索性把臉埋在掌中，放聲大哭。

我想，面對流露出如此真摯情感的女孩，沒有任何人能無動於衷。

「怎麼了嗎？」

不曉得她是不是遇到了什麼嚴重的情況，但是我們非親非故，我甚至不知道她到底是誰……想了一會兒，我走到她身邊。

一隻手，輕描淡寫、卻態度鮮明地伸出來阻止我繼續接近。

「咦？」

「不用管我。」

「……喔。」我有些尷尬。

「你是要找我的吧？再等一下就好，先去沙發那裡坐著等我。我只是剛剛看了一場電影，很傷心而已。」

女孩子的聲音明顯帶有哭音，我順從地走向待客區的沙發坐下。

等她哭完。

一直不太能掌握現況的我拿出手機看了一眼，才確定了一件事。

「果然是她啊。」

松竹幫我約好的 Youtuber。

浮萍大學獨立電影社的社長，也是 Youtube 圈裡以專業著名，只做冷門電影、獨立電影、劇情片評論，「四月評」頻道創作者。

在 Youtube 這個平臺還沒有爆發性成長以前，主要在部落格和社群軟體發表文字影評，累積了很多讀者。影片時代來臨後，她乾脆投身於 Youtube 冷門電影影評中。口條分明、具有文藝氣質的她，變得更紅了。

Youtuber 四月。

本名吳疏影。

將人介紹給我時，松竹還特地提醒她很特別，今天一見，果然如此。

這時，外頭傳來淅淅瀝瀝的雨聲。

往窗外一看，稍早灰濛濛的天空現在烏雲密布。

細雨紛飛，雨聲穿透室內，為吳疏影絲毫無意克制的哭聲伴奏。

寒冷的冬日涼風自窗戶縫隙滲入，雨水獨特的味道、花園裡花朵與土壤的氣息，在獨立電影社社辦裡，交織出了獨特的氣息。

很有趣，我發自內心這麼想。

不知道過了多久。

吳疏影的哭聲漸漸收止。

米色大衣搖曳，她穿著具有高度的墨灰色厚跟鞋，每走一步就發出叩叩叩的聲響。

她沒有走向我，而是獨自到了靠窗的木桌邊。

吳疏影的眼眶依然泛紅，像是染上淡淡的粉櫻色。

擦上唇蜜的雙唇，也有著相似的顏色。

明明只比我大兩歲而已，為什麼看起來遠比我來得成熟？

吳疏影深邃的雙眼凝視著窗外，伸手輕撫窗面，似乎在追憶著什麼。我的思緒不受控制地被她牽引到遙遠的彼方。

時間彷若定格，在那一秒。

雨變得更大了。

「嗯，你就是墨跡啊。」

吳疏影把原先微微敞開的窗戶關上後，旋轉身子，面對著我。

她半靠在木桌邊緣，修長眉毛輕挑，神情自在。就像是什麼事都沒有發生一般，舉手投足間帶著餘裕，展現出天然坦率、自然而然的自信。

這是我第一次遇到這樣的人。

我把要送她的鯛魚燒放在靠近她的桌面。

「嗯，我是墨跡，本名柳透光。妳可以叫我透光就好。」

「我知道你。你的故事還有追逐夜星的白宣頻道發生的事，王松竹他雖然沒有跟我說，但我也猜得出來。」

「喔？妳猜到了些什麼？」

看她篤定的模樣，我反而感到有趣。

「像是白宣大概消失了。」

吳疏影意味深長地看了我一眼，「還有，你最近在白宣以前拍過旅行影片的地方頻繁出現，綠島、東海岸、高美濕地，還有這幾天的銀柳道，都是為了找白宣吧？」

我嘆了口氣。

跟我和白宣在現實完全沒有關係的張新御，還有關注我們比較久的粉絲都猜得到了，更何況是稍稍跟我們有接觸的 Youtuber。

「既然妳都猜到了……」

「猜到不代表證實，也不表示我說的話都是對的。」

……確實如此。

「柳透光，告訴我白宣發生的事，還有你的事吧。」

「為什麼？」

我忍不住脫口而出。

吳疏影的行事作風完全不按牌理出牌，眼前的女孩就像一個複雜的謎團，卻又充滿了吸引力。

「哈，這個世界上哪來那麼多理由？」她的笑容帶了點輕狂，神色自若地反問。

吳疏影將雙手插進大衣口袋，往我走來。

「在開始聊之前，讓我放一首歌吧。」

她的身上帶著一股典雅香氣，在與我相對位置的沙發上坐下。雙腿交疊，纖細的線條別有一種美感。

歌聲流淌。

這個旋律我聽過，是一支獨立樂團新出的單曲，MV拍得很美，擁有破百萬的點閱。

即使雨聲持續不斷，吳疏影深具磁性的聲音仍然輕易傳入耳內。

「說吧，柳透光，白宣到底怎麼了？」

「我沒有要說明的意思。」

「但你其實很想說吧，只是找不到適當的人傾訴而已。」

是嗎？

我也不知道。

因為我也不知道，所以這樣的勸誘是無效的吶。

我搖搖頭。

「就算真的是那樣，我也沒有理由找妳。畢竟再怎麼說，今天還是我們第一次見面。」

「你不想和我說嗎？」吳疏影陷入短暫沉思，「那，我說點關於我的事如何？這樣你比較了解我了，也就可以跟我說你們的故事了吧。王松竹有告訴你我和他的關係嗎？」

「我只知道你們認識。」

他們的關係一定很好，否則松竹也不會向我推薦她。

「他沒說啊……」

吳疏影的睫毛輕眨，對我的回應面露意外。

她維持優雅從容的坐姿，不再說話。

時間忽然變得緩慢，時鐘的滴答聲與落雨聲流逝。

接著她以給人想像空間，富有情感的聲音說：

「既然如此，他沒說的事就由我來說吧。一年多前……我才剛升上高三，一心製作冷門或是獨立電影的評論。那時候我和王松竹走得非常近，是很好的朋友，會一起做影片，一起聊著怎麼樣吸引觀眾——我們都想成為很紅的Youtuber。」

竟然！

「我們甚至會因為做影片而吵架，在工作室互相丟枕頭。他會叫我不要整天只拍冷門電影的影評，要面對更多的群眾，不要只做喜歡做的東西。」

「只做喜歡做的東西……」

我喃喃重複。

雖然我知道 Youtuber 想紅絕對不能只做喜歡做的東西，但那樣才是最快樂的事不是嗎？

傾心做著自己想做的創作。

「有一段時間我們真的很常見面，常常約在我的工作室裡做影片。說是工作室，也不過就是一個我家閒置的小套房而已，我把它裝上了隔音設備。一起在裡面做影片，真的很開心。」

「嗯。」

這是我完全不知道的過去呢。

我的心情有點複雜。

「之後因為一些事，我們的關係慢慢變淡了，沒有像以前那麼熱絡。」吳疏影用手順著長髮末尾。

她的神情透露出來，她已經陷入美好的追憶之中。

「我知道了。」

想不到有過這種事。

不過想想也是，一年級時我和松竹還不太熟，那段時間我也不在Youtuber的圈子裡，何況松竹也不是所有事都會跟我說。

比起向我尋求幫助，更多時候都是他在幫助我。

想到這裡，我對松竹真的是心懷謝意。

「那你們到底發生了什麼？」

「哼，柳透光，你都不透漏自己的事，就想從我這裡聽到我的故事的所有細節啊？這樣是不行的。」

「沒差，我可以問松竹。」

我刻意攤攤手。

對於我的回應，吳疏影像是完全沒有預料到一般笑了。清脆的笑聲，軟化了她一直以來給人的強勢氣質。

有點可愛。

「你以為那傢伙會跟你說嗎？」

「……會的。」

說是這麼說，但面對似乎比我和松竹更熟的吳疏影，我沒有把握。

我聳聳肩。

「我是也可以跟妳說——我和白宣的事。」

「咦？」吳疏影驚訝地眨了眨眼睛，接著不太愉快地抬起下巴。「你在玩我嗎？」

「不是，我還沒說完。是可以告訴妳我和白宣的事，但有條件。」

「喔？說吧，條件是什麼。」

她調整坐姿，暫時放下的修長雙腿再次交疊。

「條件就是……我想邀請妳，和我一起拍一支旅行短片。妳想知道我們的事，而我想藉著這趟旅行，走近白宣，更瞭解她。作為一個獨立Youtuber。」

瞭解那些不是頻道主導人的我，一直無法理解的事。

只能依附白色宣紙的墨水，一旦沒了白宣，如同失去了存在的意義。

——是吧？

「柳透光，合作的事，王松竹有跟我說過。他也是說你想接觸更多更多Youtuber，去體會到更多創作者的煩惱。」

「嗯，的確如此。」

這也是我找上小青藤，一起踏上陽明山竹子湖旅途的原因之一。

吳疏影探前上半身，頸子間的項鍊搖曳。

「我對你和白宣的事非常好奇，也很想知道你的心境變化，所以這個條件，我樂意接受。旅行間，你會一五一十地交代你們的故事吧？」

「我保證。不過為什麼妳想知道我們的事？」

「哼，這個世界上哪來那麼多理由？」

……又是這句話。

真的是個想做就做、想問就問的人吶。

這次我不作他想，爽快地點頭。

「好吧，成交。」

吳疏影俐落地站起身，一頭筆直的黑色長髮如瀑布流瀉，她伸出手把胸前的髮絲甩向身後。

天空烏黑，雨聲依舊。樹木在風雨影響下往室內投映出搖曳的影子。

「吶，目的地是哪裡？」

「第一站先去花東縱谷，再去日月潭。」

我說出早已決定好的目標。

冬天尾聲的花東縱谷，某些地方早已迎接初春，萬物初萌，充滿生命力。

位於中央山脈與海岸山脈間的縱谷，我很想踏上那裡的草地。

「柳透光，你想好影片的形式了嗎？」

「想好了。」

隔天。

火車在軌道上發出鏗鏘鏗鏘的聲音，將我從睡夢裡吵醒。

我伸手揉揉眼睛，看向坐在對面的吳疏影。

筆直的黑髮順到胸前，吳疏影正戴著耳道式耳機，不知道在聽什麼音樂，一手托著下巴望向車窗外。

順著她的視線，鐵軌兩旁點點黃花綻放，油菜花海在農地上蔓延，相間著紫色、粉色的波斯菊。

休耕期間，很多農民會在田間栽種這兩種植物，回復地力。

莒光號列車在田野間行駛。

我們身處花東縱谷平原，正往光復鄉移動。

「你醒了啊。」

吳疏影把視線轉回火車內，戴著白色貝雷帽的她，摘下耳機，雙手平放在併攏的大腿上。

「嗯，沒想到我居然睡著了。」

「昨天我們才談好一起來花東縱谷拍影片，今天下午就出發。這麼臨時啟程當然會累了。」

「主要是我在找想去的景點啦，找到快凌晨三點才睡。」

「辛苦你了。」她微笑地說。

我在心裡苦笑。

安排路線、哪裡可以拍到最美的照片跟素材，以前我都不需要事先調查這些資訊。只要跟在那道身影之後，跟著她走就好了。

現在我必須自己找。

帶著別人走。

如今，走在任何隱密小徑之中，抬起頭，前方再也沒有那道令我魂牽夢縈的背影。

為了轉移注意力，我拿出筆記本。上面從花蓮北端一路到南端，列出了幾個我想去的地方。

筆記本拿出來的瞬間，我無語了。

這本素色筆記本，是白宣放學後去逛街時買的文具。

如今我身邊的很多事物，也都印上了她的影子。

我微微蹙眉，遞出。

「給妳。妳看一看，就知道我們要去哪裡旅行了。」

「喔，不，我不用看。」

「咦？」

「旅行一定要先知道去哪嗎？」吳疏影一臉不以為然，「柳透光，旅行這種事就該自由自在、順從直覺。」

「說得也是。」

吳疏影的價值觀又一次衝擊了我。

她的想法意外地我很認同。

我收起筆記本，將它塞回背包最深處，這次旅行就不要再翻出來了。只要記得那幾個地名，剩下的旅途就都邊走邊決定吧。

莒光號一路前進，在花東縱谷裡的狹長平原。

我們的右手邊是高聳的中央山脈，左手方則是花東海岸山脈。群山相傍的花東地區，因得天獨厚的地理位置，保有優美的自然環境。

民風純樸，也有不少原住民居住在這裡。

光復鄉火車站的站牌出現在窗外，看來快到了。即使在火車站附近，風景還是充滿綠意。

這裡的大自然風情保留得很完整、很美好。

「到了。」

「嗯，走吧。」

吳疏影率先起身，我跟在她身後一同離開座位，走下火車。

一股從遠方花田一路吹拂而來的風襲來。我感受著這股冷風，任它打亂我的頭髮。

吳疏影穿著天空灰色的水洗質感連身吊帶褲，內裡是純白色的長袖棉衣，腳踏復古風的素色休閒鞋。吊帶掛在她的肩上，順著衣領，讓人無法不注意到那骨感的鎖骨。

她真的太瘦了，給我一種強烈的影劇系文青女孩的形象。

背景是寧靜樸素的鄉村風情，綠色田野填滿了眼簾。低矮的平房、種植在軌道外圍的幾棵路樹，後方不遠處就是山林。

這裡離馬錫山很近，應該是馬太鞍部落的範圍。

月臺的柱子上，刻劃著原住民的文化象徵，看起來是野菜與藤蔓。

吳疏影站在火車月臺上眺望遠方。

「柳透光，幫我拍一張照片。」

「喔，好啊。」

「我想在這趟旅行中蒐集很多旅拍照片，這樣以後發文就有很多照片可以用了，哈哈哈哈！」

「妳開心就好。」

我拿出相機，等著吳疏影擺好姿勢。

她很有默契地不再說話。

只見她背著春捲包，隻身一人站在月臺上，彷彿獨自遺落在了無人煙之地般寂寥。她流露出若有所思的表情，凝視不遠的山林。

微風輕揚。

柔順黑髮飄散，露出白淨的側臉。

吳疏影向上撩起一頭因風而亂的長髮，雙眸光彩流轉。

「吶，柳透光，你知道什麼時候拍照最好嗎？」

「不知道呢。」

「美，會隨著時間與場景昇華。當你全心全意地凝視著眼前的景色，手指不由得想按下快門——那個瞬間，就是屬於你的最美的畫面。」

光影轉瞬即逝。

當我從回憶裡回過神時，手指早已在不意間按下快門。

喀嚓。

我保存了那個瞬間。

連續按了好幾次快門，拍完之後再給她選喜歡的就好。

吳疏影走了過來，湊到我旁邊。

纖細的手臂幾乎要與我相觸，但她絲毫不在意，似乎也不覺得該拉開距離。

「不錯嘛，柳透光。」

「嗯？」

「是白宣吧？她把你教得很好。」

……我是真的從白宣那裡學到很多很多知識就是了。

「不用我提醒，你就知道哪時候要拍，還知道一次要拍很多張。」

「我只是覺得那時候最好看而已。對了，先說這些照片之後我剪片時會用喔。」我補了一句。

「用吧，這趟旅行盡量拍。」

吳疏聳聳肩，毫不猶豫就答應了。

我們往車站外走去。

二月初，受寒流來襲影響的北部氣溫很低，但進入花東縱谷之後，氣溫明顯溫暖多了。

季節還不到春天，但已經到了冬天的尾巴。

在花東旅行至少不用出門必備厚外套、羽絨衣與圍巾了。

在車站外，我和吳疏影租借了腳踏車。我們都只有攜帶輕便行李，騎車沒有問題。

哎呀，怎麼跟與白唯一起在宜蘭平原的旅行開頭有點像？

但是，這裡的風景更多的是山林與近在眼前的山稜。

「這是妳第一次來花東縱谷旅行嗎？」

「不是。」吳疏影跨上腳踏車後，有些遲疑地說：「我好久沒來就是了。」

「我倒不算好久沒來。」

「是喔？」

「之前去了東海岸，呃，去了更南一點地方。」踩下腳踏板，我帶頭往車站外的大路騎去。

白宣不在。

這趟旅行我得靠自己，去旅行。

花東縱谷之旅，第一站是位於光復鄉的馬太鞍。

馬太鞍占地很廣，是一處湧泉不絕的天然沼澤濕地。發源自馬錫山的的芙登溪，一路匯集自地底冒出的湧泉，穿越了馬太鞍區域，滋養著整片沼澤。

也因此，馬太鞍的沼澤濕地生態非常完整。

花東縱谷的空氣十分清新，拂面的涼風帶走身上擾人的煩躁。騎在小路上，左右都是花田與稻田，也常常看得見小溪流。

遠方的馬錫山一路相隨。

騎了一陣子，我們到達了馬太鞍，將單車停在沼澤地外。

這塊地占地超過十二公頃。

「累了，嗚……」

吳疏影邊呻吟著邊跳下單車。

她扶著額頭，本就蒼白得不太健康的臉色，微微浮出幾滴汗。她勉強往前走了一步，腳步有點踉蹌，腿軟得撐不住身子，最後乾脆停下腳步。

「天啊，我真的是老了。」

「妳才幾歲而已。」

「十九歲。哼，柳透光，等到你也變成大學生就知道了。」

「也不過比我大兩歲。」

「不對喔，從高三升上大一，這兩年差距是很大的。」吳疏影搖頭反駁了我，露出看著天真後輩的模樣。

她也不糾結於這個話題，稍稍喘息後比了個ＯＫ的手勢。

身材纖瘦、手腕纖細，連力氣都很小，因為很少運動又不健康，這樣的吳疏影要來鄉村野外旅行……

「妳還好吧？」

「還行。」她拒絕了示弱。

於是，我們走往入口。

時值寒假，來這裡遊玩的觀光客不少。

進入馬太鞍休閒園區，入口處的牆壁、一旁以木頭打造的布告欄上都畫著地圖。

吳疏影隨手拿起一份紙本導覽，上面畫出了馬太鞍沼澤地內各個區域。

她指著地圖說道：「咦，這裡畫的小溪流，看起來好像可以下水耶，我想去！」

「好啊。」

水質清澈的花東溪流，我也想下去走走。

我看著地圖，抬頭望了眼就在不遠處的馬錫山。

山峰上飄著白雲。

「吳疏影，這裡也有讓人自己烹飪的區域，用原住民的食材跟方式做料理。這個應該很適合我拍成影片，能展現出花東的特色。」

「說到這個，我好奇很久了。」

「什麼？」

「白宣那麼喜歡在野外料理、深入祕境探險，但是你呢？」

吳疏影闔起地圖，雙眼眨也不眨地看著我。

我試著逃避她的問題，眼神上下飄動，卻還是被她緊緊地盯著。這似乎是不容閃躲的問題，對於吳疏影而言。

我嘆了一口氣。

「我們邊走邊聊可以嗎？」

「可以。」

她輕笑，用拳頭輕輕推了我的背一下。

我們往園區前方走去。

「為什麼這裡叫做馬太鞍？」

吳疏影忽然提問。

「這裡是阿美族傳統生活的範圍，在阿美族語裡，馬太鞍是樹豆的意思，早些年這裡種滿了樹豆。」

「你居然知道？」

「剛好知道而已，我昨天查詢花東縱谷的景點時看到的。」

走著走著，我們路過一座水質清澈的生態池。

站在湖畔，就能看見魚蝦自由自在地水底游來游去，少量浮萍跟水生植物在水面飄著。

池塘四周有許多樹林，當地居民則在湖畔蓋了木橋供人行走，盡量避免破壞池塘水面的寧靜。

宛若明鏡。

倒映群山。

「好美。」

吳疏影發自內心地讚美。

我心有同感，但沒有說出口，我們同樣一心一意地凝視那純淨的水面。

她停留在池畔，久久不願前進。

「你該回答了。」

「回答什麼？」

「裝傻是沒有意義的事。」

「好吧。」我知道她想問什麼，但不是很想回答，「說真的，欣賞人跡罕至的美景，在野外使用當地食材烹飪料理，確實不錯玩。」

「但是？」

觀察力敏銳、又或者依賴直覺，她察覺我沒說出口的想法，揚聲提問。

呵，看來沒辦法敷衍過關呢。

我低下頭，視線從吳疏影過於瘦弱的背影轉向池面。

「白宣那麼喜歡在野外料理、深入祕境探險，但是你呢？」

——但是我呢？

我沿著池畔走下去。

「該怎麼說呢，我喜歡旅行，也喜歡吃白宣煮的料理。不只因為白宣手藝很好，還有她料理時捲起袖子、綁起馬尾的模樣，我很喜歡那個畫面。但真正要說的話，我只是想和白宣一起旅行。」

「喔？」

「白宣到哪裡玩，我就跟她一起去；她想要拍影片，我就協助她。我喜歡旅行、喜歡吃好的東西，但我真正最喜歡的是……」

「我知道了。」

吳疏影截斷了我的話，不知為什麼，她笑得非常開心。

她一定明白了我的意思。

「不錯嘛，柳透光。說出這種話都不會害羞，我欣賞你。」

「是嗎……」

我們沿著木頭搭建的走道，繼續深入馬太鞍沼澤地。空氣間飄散著濕地特有的氣息，混合著青草的芬芳。

一座木橋出現在前方，帶屋簷的特殊造型吸引了我的注意。

那座木橋是通往沼澤地的快速通道，也是整個濕地登高望遠的好地方。

「看到了。那裡就是我們在馬太鞍的起點，走吧。」

吳疏影雙手放在背後，優雅又輕鬆地信步前進。

我微微一笑，不疾不徐地跟在她身後。

白宣是不會這樣的吶。

爽朗乾脆、自信直接，與白宣簡直是兩條平行線。

「柳透光，換你問我了。」

「咦？什麼時候有這規矩？」

「現在呀。」

「為什麼？」

吳疏影一個人站在木橋中央，往下俯看我，用那凜然的口吻問道：「哼，這個世界上哪來那麼多理由？」

「……要問妳問題是吧？好，我想想。」

我走上木橋。

問就問，反正我也很好奇吳疏影和王松竹的事。

站在她身邊，我雙手扶著木欄杆。

眺望馬太鞍，偌大的濕地、遍布的青草與後方深綠色的山林，更遠方的山峰，煙嵐在半空飄動。

「柳透光，看下面！」

木橋跨越了一條水流緩慢的大水道，正是發源自馬錫山的芙登溪，淺淺的水流清澈見底，毫無一絲雜質。

往水中一看，能看見魚蝦、螺貝類在水裡活動。

「唔……這是我看過最乾淨的小溪。」

我瞪大雙眼，讚嘆道。

跟著白宣上山下海很久了，但這麼清淨的水質是第一次看到，花東縱谷果然保留了臺灣最美好的自然風景。

這也歸功於貫穿濕地的芙登溪還有天然的浮流湧泉，造就了馬太鞍濕地。

看到這麼清澈的水面，實在很想實際走下去吶。

「柳透光，我要下去走走。」

「走啊，我也想去。」

一秒達成共識。

我們走下木橋來到另一邊，站在矮小堤防旁。我抱著確認的眼神看向吳疏影，她的雙眼卻始終放在芙登溪上。

幾位當地居民站在溪中，用泥土、小石頭、切好的竹子，與筆筒樹樹幹放在水裡，乍看之下不明白用意，總之圍出了幾個小池子。

吳疏影面露苦思。

「我很好奇，那些小池子是做什麼呢？裡面不會有養魚吧？」

這些小池子的用意是……

我在腦中搜尋著昨天讀到的資料。

「喔，那是阿美族人在這片濕地上發展出來的捕魚法——巴拉告(Palakaw)。我也是第一次親眼看到。」

我嘖嘖稱奇，蹲下來想看得更清楚。

吳疏影歪歪頭，用手盤起肩膀後的長髮。

「巴拉告？」

「嗯，用中空的大竹子還有筆筒樹樹幹、九芎枝幹之類的天然材料，一層層相疊，製作出一個總共三層的夾心裝置放入水塘，讓魚蝦在裡面棲息繁殖，這樣就不用特地抓魚捕魚了。」

「喔，原來是這樣！」

吳疏影就像是勤勉不倦的學者。問題出現在她眼前，只要她想知道答案，她就會追根究柢。

她很有興趣地看著巴拉告捕魚法的夾心裝置。

趁這個時間，我拿起相機拍照。

清澈的溪流、順著水流在岸邊匯集漂浮的落葉，還有富有強烈原住民風情的捕魚裝置。

這些都是很寶貴的影片素材。

「我要下去了。」

吳疏影小嘴邊嘀咕著，邊莫名其妙地點點頭。

看來是打定主意要下去了。

她向一旁伸出右手，保持平衡，試著單腳站立。微微低下上半身，一頭柔順的長髮如瀑布般傾瀉，露出細嫩的後頸。她抬起大腿，左手探向小腿、直到腳邊，試著以單腳站立的姿勢脫去休閒鞋。

脫去了鞋子，露出穿著黑襪的腳掌。

重心時而不穩，試了幾下後她乾脆地放棄了，一屁股坐到地上。

吳疏影把脫下的休閒鞋放到一旁，再把黑色短襪緩緩脫下，塞回鞋子裡。

她脫去了鞋子與襪子，露出一雙白嫩的腳丫子。

她白得過分的腳掌上有些泛紅，血管充血的緣故吧。

「喔……」

想了想，我想通了。

剛騎過腳踏車又走了一小段路，長期在社團辦公室裡看電影，回家一定也是、出外逛街更是會常常泡在電影院裡，還要做著影評 Youtube 影片，每週更新，身體虛弱、沒什麼體力的吳疏影，很難承受突然間過大的運動量吧。

「等一下，柳透光，我的腳痠了。」

「嗯，我等妳，慢慢來。」

吳疏影坐在地上，向前展開修長的雙腿，雙手握拳輕輕搥著小腿與大腿。再把雙腿縮回身前，雙手開始折起褲管。

天空灰色吊帶褲，她把褲管向上翻了又翻，露出看似脆弱的腳踝，再到曲線漂亮的小腿一半左右的位置才固定褲管。

處理完後坐在地上的她一句話沒說，對我伸出手。

我拉了她一把。

「妳跟松竹是怎麼認識的啊？」

「結果你的第一個問題是在問他。」

吳疏影莞爾，淡然地續道：

「我認識王松竹的契機，第一次跟他在現實中接觸，是在一場由大手Youtuber邀請的茶會。」

「大手Youtuber啊。」

「對，平常我很少跟其他Youtuber攪和在一起，但那次是做影評的前輩邀請，我就去了。」

「嗯。」我在心裡微笑。

比起聚在一起聊天，吳疏影明顯是偏好獨自消磨時間的人。

相較於跟一群人相處，她一定寧可選擇在電影院裡隱身於黑暗之中，讓整個人沉浸到電影創作與故事之中。

吳疏影站在溪邊，雙手負於身後，宛若身陷迷惘般一語不發，懸空伸出長腿——用腳指尖，輕碰了平靜而清澈的水面。

漣漪湧起。

「好冰。」她發出輕柔的聲音，「王松竹他啊，那天在茶會的角落彈鋼琴。」

「好聽嗎？」

「這個問題你知道答案，還問我？」吳疏影像是追憶過去，嘴角輕輕勾起。

「我只聽過一次而已，認真來說，我最近才知道他會彈琴。」

「很好聽，不可思議地好聽。」

確實，這是我心裡預期的答案。

不過令我在意的是，眼前站在水岸邊的吳疏影，每當提到松竹時，散發出來的氣息似乎有所不同。

是因為他們曾是很好的朋友嗎？

「那天很多 Youtuber 都有到場，王松竹一個人坐在鋼琴邊，彈出的琴音讓所有人暫時停下了交談，一心一意聆聽他的演奏，就好像進入了仲夏夜般魔幻迷人的空間。」

她單腳踏入冰沁人心的溪水裡，水深約莫到她小腿肚一半。

她回過身，露出莫可奈何的笑容。

我沉默了。

那笑臉裡隱含著太多情緒，成分過於複雜，我根本無法體會。

「會演奏音樂的男孩子很吸引人，你想像不到當時有多少女生圍上去跟王松竹聊天。他本來就很懂得傾聽別人說話，聲音又溫柔，作風平易近人，還長得又高又帥，輕易就迷倒了一堆女生。」

「我能想像。」

就連松竹跟小青藤結識、慢慢混熟的過程，也是因為松竹跟身為粉絲的她親切而緊密地交流。

一來一回。

許多夜晚互相陪伴。

最後，他們漸漸走在了一起。

耳邊傳出小青藤前幾天在唱片行說過的話。

「無數個夜晚，我找不到人跟我聊最近聽到什麼歌，在房間裡一個人，都是靠聽著他的聲音、看著他的影片度過。」

「有一天我鼓起勇氣跟他聊天，在上百條留言裡說話，想不到他很快就回覆我了，那時我的心臟都快跳出來。」

「好啦，我就說到這了。」

吳疏影揮揮手，逕自在芙登溪中，往巴拉告捕魚法所使用的三層裝置走去。

「等我啊。」

我快速地脫下鞋襪，跟上了她的腳步。

冰冷的感受從腳下一路往腦海傳來。我隨意往下一看，後知後覺地發現已然站在溪水之中。

「這不拍不行。」

我舉起胸口前的相機，捕捉了毫無一絲雜質的小溪。

吳疏影站在居民特地圍出來的小池子前，有幾片棕櫚葉覆蓋在捕魚裝置上。

她伸手觸碰棕櫚葉覆蓋的木枝。

她雪白的雙手十分光滑，那是只握筆的手，與長期浸泡在水裡的腐爛枯枝呈現強烈對比。

「柳透光，你知道這個東西的構造嗎？」

「知道，昨天我有讀到。」

等待幾秒後，吳疏影微微蹙眉。

「你一定要我叫你說給我聽，你才會說嗎？」

「……不是。」我只是有點懶，「妳在摸的那個就是捕魚裝置。巴拉告捕魚法說穿了，就是用大自然的材料打造三層樓的住宅，讓魚跑進去居住而已。」

居住在裡面。

才方便居民捕捉牠們。

最下方的底層，以中空的竹筒打造，讓在溪流底棲息的魚種游進去。

二樓則以九芎的樹枝捆紮而成，壓在底層的竹筒上，樹枝空隙可提供小魚、小蝦生活空間，又可以保護牠們不被大魚吃掉。

最上層的三樓，也就是我們最常看到在水面上的那層，是覆蓋上有細枝的竹子或棕櫚葉，再用長竹竿加以固定整個結構，避免被水流沖走。

這條水道的水流極其緩慢，大概也很難被沖走。

「原來是這樣。」

吳疏影認真地點點頭。

身為電影愛好者，特別喜歡獨立電影，討厭商業電影，穿著也以素色的極簡設計、復古穿搭為主，具有這些特質的人們，通常被外界稱為——文青。

他們對文學與故事創作、文化與城市內涵，甚至當地傳說與地方妖怪……應該都有相當程度的涉獵。

也因此，吳疏影對馬太鞍原住民文化感興趣，也是很正常的事吶。

抱著確認的心態，我試探性地詢問：

「妳很好奇？」

「當然了。來到馬太鞍，走上了這塊土地，如果錯過了當地原居民的文化圖騰與傳承百年的土地記憶，等於沒有來過這裡。」

吳疏影以理所當然的語氣回答。

文化圖騰、土地記憶……

仔細一想，這些東西，追逐夜星的白宣頻道似乎從來沒有特別深入過。比起文化內涵，我們更在意的是深入探索每一個景點，與當地的料理。

有趣的旅行，是白宣最在意的點。

她彎著腰察看三層的結構物造。

我猜她在研究怎麼抓魚，於是我走向捕魚裝置。

「這個東西放在水裡一段時間後，把九芎枝幹提出水面，用三角網抵住裝置，就可以抓到附在樹枝間的小蝦小魚，還有一些螺貝類，而藏身在底層大竹筒裡的鱔魚、土虱也很容易抓到。」

依照吳疏影的個性跟她一直在三層架旁邊鬼鬼祟祟的模樣……

我看她是很想真的把巴拉告裝置提出水面。

這可不行！

「咳咳，吳疏影，那個是當地居民放在這裡的，除非有馬太鞍的導遊帶我們操作，不然不可以自己亂動喔。」

「好吧。」

吳疏影惋惜地說道，但她也乾脆，旋即離開了那裡。她把雙手放進透澈的小溪中，流水帶掉了她手上的淤泥。

一陣從遠方湧起的涼風，沼澤地特有的氣息掠過我與她。

「上岸吧。」我說。

「好呀，這裡也待得夠久了。」

「再來我想去馬太鞍濕地DIY料理的區域，有幾種花東原住民的料理跟烹飪方式，我想看一看。」

吳疏影飛快地說了聲好。

我一時間有點愣住了。她看起來很心情很好，臉上透露著欣賞與滿意，似乎在馬太鞍濕地玩得很盡興。

我不禁笑了。

這是跟自家姐妹，小青藤旅遊時，都不曾有過的感受。帶一個人去旅行，而對方十分享受這趟旅程，原來也是件能讓我很開心的事嗎？

我對照著手中地圖，沿著被水域覆蓋的沼澤地旁行走。走走停停。

吳疏影常常停下來，對遠方的馬錫山、不遠處的沼澤地水域、近景的小溪與水生植物拍照片。

走了一陣子過後，一間木頭搭建而成的大棚子出現在眼前。棚子裡有一小群人，前方有個導遊在講解。那些人應該都是在入口處選好行程，跟著導遊進入濕地的旅客。

吳疏影像是想到什麼，驚訝地問道：「柳透光啊，我忽然想到，一般人來這裡玩都是園區的工作人員帶領的吧？」

「是啊，但我們頻道一向都是靠自己。」

我驕傲地說。

白宣的知識太豐富了。

在有做過功課的前提下，她從來不需要他人帶領，也沒出過任何意外。如今我自己踏上旅途，也在不自覺間追隨了她的行事作風。

我與吳疏影找到了工作人員，詢問能否自己進行料理。

「你會嗎？」

「會。」

工作人員現場問了幾個問題，我一一回答、再交上一筆費用後，我獲得了食材與料理需要用到的道具。

說真的，這趟旅程的費用不便宜吶。

木頭搭建的大棚子裡有幾張深色的長條木桌，旁邊點燃的小火堆，很多小石頭，更後方堆滿柴火。

工作人員給我們的食材有兩條魚，還有一盆野菜。

八成是使用巴拉告捕魚法抓到的新鮮貨色，魚經過處理，切完塊放在桌上的竹筒中。

竹筒使用了當地原生竹子，簍空的大竹筒，目測跟我的大腿差不多粗。

「快來。」

吳疏影滿懷期待地走過去。

不只是她，我也因為即將進行的野外料理而興奮著，這是我第一次在花東縱谷以原住民傳統的方式料理食材。

「走，我們先去拿小石頭。」

「好，拿幾顆？」

「夠丟到竹筒裡煮熟魚湯就可以了。」

我與吳疏影在小火堆旁邊的石頭堆裡撿了幾顆石頭，專門挑選鵝蛋大小、形狀圓圓的石頭，把石頭放進木炭堆砌而成的火堆中。

火堆看不到太大的火焰，但木炭都燒得發白了。

高溫之下，石頭迅速加熱。

等待的時間，吳疏影蹲坐在火堆旁伸出手烤暖。紅通通的火堆中心，讓吳疏影的臉蛋冒出紅暈。

「你懂很多東西耶，柳透光。」

「是嗎?常常有人說我什麼也不懂呢。」

「我覺得你很懂就好了。」

吳疏影聳了聳肩，絲毫不以為意。

「……嗯。」

如果世界上存在一種能帶領人穿透迷霧、前往未知之地的聲音，就是吳疏影這樣的聲音吧。

充滿自信，強而有力。

無關別人的看法，而是她自己怎麼想。

雖然只是一句話，但我強烈地感受到內心遭受衝擊。

火堆發出劈啪聲響。

吳疏影慢慢站起，她似乎因為蹲太久而有些站不穩，我連忙伸手扶著她。

這個人到底有虛弱?

我見過很多身體不好的 **Youtuber**，愈偏向創作系的 **Youtuber**，身體好的愈少，他們的工作時間通常是晚上到隔天早上。

夜深人靜，他們才能專心，與一般人的作息剛好相反。

吳疏影經營四月評頻道，而且只做冷門電影，或是獨立電影的影評，比一般人要投入更多心思。每每在電影上映後迅速做出獨立原創影評，對身體的消耗也很大。

我拿起一根夾子。

她也跟著拿起。

「夾起石頭快速地移動到水桶裡清洗，再直接丟到裝有魚湯的竹筒裡。石頭很燙，要小心喔！」

「哼，這難不倒我。」

夾子探向火堆，我夾出一枚石頭放到水桶裡攪動了幾下。高溫的石頭接觸到水，陣陣白煙飄散。

隨後石頭被我放進了竹筒內。

我看向吳疏影，她同樣順利完成了，比較小範圍的勞動似乎對她不難。

重複了幾次後，竹筒內的石頭讓魚湯沸騰了起來，兩個長條型竹筒上都飄散著白煙。

吳疏影望著飄向屋頂，逐漸散開的熱氣。

「好神奇……」

「這就是早期原住民的料理方式，石頭煮魚湯。」

「那這些菜呢？」

吳疏影拿起堆在桌上籮筐裡的野菜。

那些野菜可是大有來頭，每一種在臺北都不是簡單可以吃到的。之前跟白宣去南投時是有吃到一些，但種類遠不及這裡豐富。

我走到籮筐邊。

因為吳疏影沒有讓開，身體有些接觸，但她壓根兒並不在意。

我拿起籮筐，翻弄著野菜邊說：「魚湯再過一下就滾好了。」

「現在就很香了耶。」

「嗯，因為魚很新鮮，肥滋滋。等湯滾好了，再加入馬太鞍濕地這裡種植的野菜。新鮮現撈的魚、現摘的野菜，鮮美的味道瞬間會逼出來。」

「唔、好。」

吳疏影趁著空檔捕捉著她眼裡見到的畫面。

比起我與白宣，吳疏影似乎更在意、更想呈現單獨的畫面。也好，盡量拍吧。

竹筒石頭煮魚湯，很多人如果不到花東縱谷深度旅遊，一輩子也不會親眼看見。

「妳想知道這些菜的名字嗎？」

「你都知道？」

「嗯……只是剛好知道而已。」

我下意識地別開頭，直到能重整思緒。

那不是我昨天讀到的資訊，而是我與白宣——追逐夜星的白宣，在深入臺灣中央山脈時早已學習到的知識。

麵包樹的果實、樹豆、黃藤的心、箭竹的嫩筍、檳榔花、木鱉子與野苦瓜。別具滋味的野菜，使用石頭煮魚湯的方式，每種野菜都能顯現出最美好的口感。

魚肉終於煮好了。

「把野菜丟下去燙，不用特地把它塞進湯裡喔。」

「我知道了。」

吳疏影用手抓起野菜，放入竹筒中。野菜鮮甜的氣息在觸碰到滾燙熱火的剎那迸發，山間野菜特有的清新芬芳撲鼻而來。

「柳透光，應該好了。」

「嗯，開始吃吧。」

我們在竹筒旁的椅子坐下，店家把餐具放在桌上的竹簍子裡。一人一條魚，配著一籃野菜。

吳疏影的雙眼滿是期待，迫不及待夾起麵包樹的果實放入口中。

「天啊，這也太好吃了吧！」

「那是當然的，哈哈哈。」

在花東縱谷的馬太鞍濕地間，我們享用著最地道的原住民料理，度過了一段悠哉而散漫的時光。

吃飽之後，吳疏影從背包裡拿出白色的貝雷帽戴到頭上。

「走吧，我們去濕地的園區逛逛。」

「嗯，去散步。」

我一直很想在這樣依靠在山邊、風景遼闊的濕地走走。筆直的木棧道往水域覆蓋的濕地延伸。

我們走在木棧道上，並肩行走，沒有看見其他旅客。

吳疏影輕鬆地哼著小調。

難以認清的水生植物在濕地周圍蔓延，我認出了水蕨、水竹葉、睡蓮、白花水龍、水芹草、野慈菇，貝類與青蛙在水間生活。

沿路上甚至有一整片的荷花海。

「哇……」

吳疏影發出驚嘆。

我看過各式各樣的花海，但荷花海還是第一次看到。花季還沒到，不然可以看見整片荷花綻放。

馬太鞍濕地水生植物群聚生長的風景，美得讓人心甘情願地折服於大自然的巧藝。

吳疏影拍起照片。

我閉上眼睛、敞開雙手感受著微風，風裡似乎透散著一絲絲的春天的痕跡。

背景是馬錫山與更遠處的中央山脈，山林近在咫尺。

放眼望去，眼裡充滿了綠色。

「吳疏影。」

「嗯哼？」

「聽說馬太鞍濕地，以前整塊區域都被水覆蓋住，是當地居民費了好一番工夫整治才清理出一塊園區，讓濕地重見天日。」

「很好啊。這塊土地如果都被水淹沒也太浪費了，這麼好的風景。」

「太少人來這裡旅行也很浪費。」

「呵呵，那不正是你們頻道成立的初衷嗎？介紹那些鮮為人知的旅遊景點，讓旅人踏上那些土地。」

吳疏影手拍拍我的肩膀。

「加油。」她說。

是嗎？

我們頻道成立的初衷——是白宣成立頻道的初衷。

然而，她暫時離開了。

消失，不再更新，還透露出心裡已有不再做 Youtuber 的念頭。

我用手拍拍臉頰，重整思緒。

吳疏影在一旁注視著我，但從頭到尾都沒有發聲。發現我在看她後，她才裝作沒事地把視線轉向浮萍。

……裝死啊。

「柳透光，為什麼這裡生態這麼豐富？」

「我想大概是因為溪流的流速與水位深淺變化，造就了多樣化生態，上百種的水生植物，還有棲息在這裡的鳥類、蛙類及水生動物。」

「厲害，我問什麼你幾乎都回答得出來。」

「只是剛好知道而已。」

一座木頭打造的涼亭出現在木棧道左方。

涼亭前面有一座沒有接向小溪或是其他水域的池塘，水面漂著浮萍與水草。池塘旁邊的水生植物，長得都到腿部的高度了。

吳疏影的腳步輕快，逕自轉向了左方，像是想一探究竟似地走向池塘。

隻身一人站在池塘畔，她將長髮別到身後，烏黑的髮絲在半空飄揚。那道纖瘦的身影，倒映在純淨得彷彿鏡面似的水面。

她深邃而聰穎的雙眸，既看著我、又像看著我背後的遠方。

「柳透光，換我問了。」

「我在聽。」

「平常你跟白宣出去旅行，以追逐夜星的白宣頻道做影片時是白宣帶頭吧，那這些資料是誰負責的呢？」

「通常是白宣，但她會告訴我，我也會讀過。」

「我是不知道你們怎麼分工，但就我今天跟你這樣旅行，你完全是個可以獨當一面的輕旅行 Youtuber。」

那不是問句，但也非斬釘截鐵。

吳疏影只是順從直覺地說出心裡的想法。

毫無粉飾，也沒有誇大。

同樣站在池塘畔，我把雙手插進口袋裡，宣洩似地在深呼吸後吐出一大口氣。

——獨立做一個 Youtuber。

「嗯，我意識到了。」我坦率地承認。

其實在與小青藤登上陽明山竹子湖後，我多少明白了這點。

白宣不在的空缺，沒有人可以填上。

但若有其他人相伴一起去旅行，我還是能拍出自己想做的影片。跟著白宣的那些日子，讓我累積了相當龐大的經驗。

吳疏影淡淡一笑，話鋒一轉。

「白宣是躲起來了吧？」

「妳不是問過了？」

「在社辦時你沒有回答喔，柳透光。」吳疏影不讓我逃避。

我皺起眉頭，無法明白她行為背後的意義。還是說這件事本身就沒有道理可循，只是她出自直覺的行為呢？

對話在心中響起，只是昨天的事。

「說吧，柳透光，白宣到底怎麼了？」

過了一天，吳疏影再次提問。

「白宣消失了。」

「嗯。」我不置可否地應了聲。

「我有看到有粉絲在網路上寫的分析，你那麼頻繁地出現在拍過影片的地方是在找白宣，但來馬太鞍濕地後，你根本沒有在找白宣。」

她直勾勾地盯著我。

「我一直想不明白，為什麼？」

我嘆了口氣說道：「不好意思，雖然我答應妳會一五一十地交代白宣的事，但現在……可能還不是時候。」

用言語輕輕地將她推開。

我往左退了一步，稍稍拉遠彼此的距離。

吳疏影挑挑眉，下一秒，卻不知為何勾起嘴角。

「哈，沒關係。」

「……妳不是很想知道嗎？」

「你遲早會說的，我很清楚。」

吳疏影拿起相機，對準了池塘與藍天。

「就像我知道太陽下山之後，還會再升起一樣。」

她拍了幾張照，隨後回過頭來看著我。

「我可以問嗎？不找她，不是放棄了吧？」

「不是。」

「那就好。」

我們繼續在馬太鞍濕地園區裡散步，直到天色漸漸暗去，我們才回到入口處，跨上腳踏車往鎮上民宿移動。

CHAPTER 3

暗香浮動月黃昏

「明天十點左右見吧。」我說。

「好啊。」

「嗯，那先這樣了。」

我與吳疏影在鎮上民宿前解散，各自前往房間。

我拿出筆記型電腦，試著整理一整天在馬太鞍濕地拍攝的素材。

曾經整片被水域覆蓋的土地、蔓生的水生植物、清澈見底的溪水、溪中悠游的魚蝦、阿美族傳統的石頭煮火鍋……

還有那在濕地後方的馬錫山。

「這些都是很少見的素材。」

我把素材上傳雲端，再把檔案分享給王松竹。

手指一滑，點開了與松竹的聊天視窗。

「松竹，在ㄇ？」

「不在。」

「剛剛傳給你的檔案有空看一下，是我今天和吳疏影在馬太鞍濕地拍的照片。」

「咦？你是要我剪片嗎？」

他放了一個白色小鳥表示震驚的貼圖。

我則回了一隻粉紅色兔子撞牠的貼圖。

「我還在想耶。是說，松竹，你跟吳疏影曾經有那麼多故事，你居然把她介紹給我認識，還讓她跟我一起出來旅行。」

一年多前他們還是形影不離的好朋友。

一段時間後，不知道其間發生了什麼，他們兩人沒有再保持原本的關係。

「……」

「你想否認嗎？」

「她說了啊？」

「說了。」

「那我也沒辦法。科科，反正透光你這趟旅程，目的是要解決你跟白宣的迷茫，釐清你自己內心的想法，試著透過當一個 Youtuber 貼近白宣的煩惱，是吧？是一趟很有意義的旅行。」

「奇怪，你是不是在算計我？」

「沒有，照顧好她。」

「……我現在覺得你真的早就算到了！」

我關閉了聊天視窗。

長長地吐出一口氣，我走向窗邊，與吳疏影的旅行似乎不只是我心中想的那麼單純。

王松竹推薦她是有理由的。

天色早已暗去。

夜幕降臨在民風樸實的小鎮。

透過民宿窗戶往外看去，對街商店在晚餐過後紛紛打烊。行人紛紛回家，小鎮街道充滿純樸寂寥的氣氛。

這裡的晚上好安靜，只有蟲鳴反覆迴盪。

民宿後方有一片油菜花田，黃色花海中央種著色彩繽紛的波斯菊。

下午從馬太鞍濕地回來，我就看見了。

「要下去嗎……」

晚上九點多。

在這個時間走下去，一定能感受到清新的微風吧，光想就覺得很舒服。

還有孤寂的夜晚風景。

難得來到花東縱谷，還是親身體驗一下二月天的花東之夜吧。

打定主意，我蓋上筆電，轉身離開房間。

穿著拖鞋與睡衣，我套上禦寒用的套頭高領毛衣，再多披了一件寬大的灰色羽絨外套，一路走下樓。

在民宿櫃檯，我點了一杯杉林溪出產的綠茶。

我拎著熱得發燙的茶杯，熱氣裊裊。

從民宿後院漫步到油菜花田旁，眼前是一片接著一片連綿無盡的花海，直到遠方的群山，遼闊風景在眼前展開。

夜晚的風有點涼。

我抬頭眺望著夜空，尋找認識的星星。

白宣曾跟我說過，在臺灣的話，冬天能看見最亮眼的星空。

「……嗯。」

看了好一陣子，我在心裡嘆口氣。

一顆都沒有找到。

白宣很熟星空圖與群星的位置，有一陣子她很喜歡星星，常常帶我上山觀星。她只要看一眼夜空就能開始數，還會告訴我那些星星的名字。

眨眼，眼前好像出現了一雙形狀十分熟悉的手，伸出食指指向星空。

「那顆是織女星喔。」

「透光兒，記得夏季大三角，那是我最喜歡的星座。」

「哈哈哈哈，今天的月色真美。」

光景流轉而至。

月光透射而來。

可惜，白宣還沒有認真帶著我數星星——

「就消失了。」

重整精神，我收拾心情，正要繼續在田埂上散步，一道清脆的聲音吸引了我。

我停下腳步。

田埂彼方，出現了一個女孩子的身影。

她裹著素色大披肩，一頭長髮隨風飄逸，形成一道美麗而孤獨的田間風景。

她單手向上撩著因風而亂、垂落眉間的過長瀏海，肩後黑髮也顯得凌亂，她隨手將背後的髮絲順了一縷到胸前。

似乎是剛洗完頭髮，她的長髮非常滑順，隱約散著香氣。

天色很暗，能見度極低，我穿的又是暗色系的衣服……她大概沒有發現我，以為自己是夜晚時分唯一站在寧靜田園之中的人。

她抬頭眺望璀璨星空，口中呢喃。

「出現在黃道上的是雙子座跟金牛座，雙子座看起來很像是北字，北字的兩顆頭的地方最亮。」

我沒有說話，更不可能主動走進她身邊的空間。

那會破壞整個氣氛，也會嚇到她。

她繼續低語著。

「不過說到冬天的星座，冬季星空的王者是獵戶座。獵戶座的腰帶處有三顆非常明亮、明顯連在一起的星星，有時就算在臺北也能看得見。」

「唉……」

差不多該出聲了，我走向她。

我的雙眼正從星空中轉向過於瘦弱的她，就在最後一秒，夜空中迸現出一顆帶著長長尾巴的流星。

銀白色光芒如畫筆一般，在名為夜空的畫布畫下一筆。

流星。

轉瞬即逝。

即使它本身可能可以存在上千年，又或者它已經在無窮宇宙中飛行上千年，但它在我們眼前只能存在那幾秒。

想到這裡，我不由得有些悲傷。

那枚流星帶著銀白色光芒，在夜幕中飛行。有銀河系作為陪襯，它在夜空中更顯得閃亮突出。

「吶，透光兒，看到流星就要許願。」

「許願會成真嗎？」

「我許過的願沒有不成真的喔。」

那是跟白宣在南投茶鄉採茶旅行時，在夜晚坐在梯田邊聊的夜話。在我心中留下深刻的記憶。

如果可以許願，現在的我只想許願能找到妳。

我閉上眼睛，在心中祈願。

許著願，我聽到了另外一道柔和的聲音。

「如果重新來一次，我們還會是好朋友嗎？我們可以繼續談笑風生、快快樂樂一起創作各自的影片嗎？」

風來了。

她的聲音在風聲中依舊清晰。

「如果可以，那我對流星許願，讓我回到以前——拜託了。」

吳疏影閉上雙眼，雙手在胸前合十。

我站在一旁，默默地看著。

離開也不是，站著也不是，我讓自己進入了一個尷尬的情況。

流星逝去。

夜空隱約留下了一道銀白色痕跡。

在永恆星空之下，星光映到她身上。隻身一人站在田埂旁的是正低著頭，被憂愁的情緒包裹的吳疏影。

猶豫了幾秒，我鼓起勇氣走到她身邊。

「唉，還好吧。」

「我很好。」

「好，別那麼難過了。」這傢伙的自尊心還是高。

「哼，說得好像很容易一樣。白宣消失之後，我就不相信你沒有哭過，沒有難過崩潰過。」

吳疏影不顧她纖細清冷的聲音還帶著鼻音，硬是回嘴。

想回嘴，所以回嘴。

她那種想做什麼就做，絲毫不會在意其他人眼光的個性，在此刻剛好化解了本來可能會出現的尷尬。

我聳聳肩，與她並肩站著，看著前方沐浴在月光之下的金黃色油菜花。

「白宣消失之後我確實很難過，真的。」

「有多難過？」

「這也要比啊。我一生中最難過，唯一大暴哭的那一次，就是在不久前讀到白宣寫給我的信的時候。」

「信？」

「嗯，在宜蘭平原的民宿裡，也是這樣的深夜。信放在從銀柳道的土中挖出來的時光寶盒。都告訴妳吧，白宣的確消失了，她把找她的線索、她想給我看的東西，一一放在臺灣各地。」

話匣子一開，我再也不想隱藏。

隱瞞這些東西，誰也不可以輕易傾訴——很累人。

能說的話我早就想開口了。

我動作輕微地看了吳疏影一眼。

她縮在大披肩內的身子看起來那般單薄，窄小的肩膀同樣脆弱，胸口起伏慢慢平復，但還是看得出來她的心情隨著話語而波動。

「所以你才開始旅行，果然是為了找白宣。」

「是啊，我也跟妳一樣遇到很讓我後悔的事。」

我嘆息道。

如果可以重來……這是不可能的事。

吳疏影吃驚地往旁邊退了兩步，隨後旋過身逼近我。

「後悔……哇，你這傢伙，剛剛一直都在我旁邊偷聽嗎?老實招來，是什麼時候開始偷聽我說話?」

「妳在數星座時……出現在黃道上的是雙子座跟金牛座，雙子座看起來很像是北字，北字的兩顆頭的地方最亮。」

「那不是一開始嗎!」

「差不多。」

「你都聽到了啊，天啊……」

吳疏影哀號了幾秒，用她沒有什麼力氣的雙手輕搥著我的手臂。

那是她最真實的情感。

我無奈地躲了一下，並用手擋著她。

她宣洩完後才認命地用手抹抹臉。

她再一次裹起披肩，深邃雙瞳彷彿訴說著千言萬語。

「既然聽完了，那你已經差不多知道我跟他的事了。」

「嗯，還是有一段空白啦。」
「不是所有空白都得填上顏色。」
「也對。」我認同地點點頭。
「就像你聽到的，我很難過，心就像是會隨著呼吸而感受到痛楚，很鬱悶。如果只是瞬間的痛很快就過去了，但我常常會想起。一旦錯過再也沒有機會彌補的遺憾──發生在自己身上，真的很痛。」
「難以釋懷。」
「欸，你竟然懂我的感受。」
「因為我也是一樣啊。」
明明是在說一件哀傷的事，但當我掏出心裡想法對吳疏影吶喊時，無法控制地，竟然呵呵笑了。
吳疏影一愣，同樣會心一笑。
星空之下，油菜花田隨風飄搖。
空氣非常清靜，隱約透著花草特有的香氣。
吳疏影抿著唇，側過頭看著我，修長的手指將耳畔髮絲別到耳後，以輕撫人心的聲音說道：「你並不孤單，柳透光。」

「嗯，我們都一樣可惜。」

「但是我們都還有大把的青春時光。」

「妳還有嗎？」

「找死嗎？」

「不敢。換我問了，為什麼妳會到現在還這麼牽掛他？」

對這點我很好奇。

「哼，這個世界上哪來那麼多理由？」吳疏影說出她招牌般的言語，醞釀情緒似地停頓片刻，開口說道：

「一個人在另外一個人心中的分量，哪是能用邏輯思考衡量的呢？」

「妳還是很在意他。」

「就因為曾經我們是很好的朋友，我當然在意。我們時常一起討論關於夢想、關於怎麼當一個 Youtuber 的事，王松竹是我很在意的人啊！」

「那是因為什麼，讓你們開始漸行漸遠呢？」

「某一天，在我說了一句話後，他就慢慢跟我疏遠了。要比喻的話，我們就像是彼此不服輸的小孩子吧。」

「哪……」哪一句話？

妳到底說了什麼？

在這個氣氛之下，我沒有勇氣提問。

她緩緩續道：「畢竟時間也久了，只是回想起來、或是看到他的 Youtube 頻道更新通知出現，會有點難過，但是……」

「但是？」

欲言又止的吳疏影將兩隻手探出披肩，自然地垂落在身前，左手抓著右手的前手臂。

這是她少見的躊躇模樣。

「如果可以，我真的想再聽他彈一次鋼琴。」

「很難。」

「為什麼？」

我無奈地說道：「松竹他已經不再彈琴了。」

「什麼！」

吳疏影嘹亮清脆的聲音向花田四周擴散。

她的雙眼睜得好大，一臉不敢置信。

「吳疏影，我一直不知道，他不彈鋼琴的理由……應該說，我跟他是很好的好朋友，但我也是最近才知道他擅長演奏鋼琴，他的琴音能感動人心。」

「你們認識應該是在高一的時候對吧？」

她若有所思。

「對。」

看她漸漸湧出悲傷情緒的神情，我明白了她可能知道松竹不再彈琴的理由。

對我而言，答案還是不夠清楚。

即使知道了吳疏影跟王松竹曾發生的事、曾有過的往來，但還是欠缺了一塊關鍵拼圖——

不彈鋼琴的理由。

松竹在茶會的鋼琴演奏，吸引了很多女性 Youtuber 的注意。

日後跟只做獨立電影、冷門電影、劇情向電影評論的 Youtuber——「四月」吳疏影愈走愈近，變成知己。

「某一天，在我說了一句話後，他就慢慢跟我疏遠了。要比喻的話，我們就像是彼此不服輸的小孩子吧。」

我在心中嘆息。

我所認識的王松竹，個性隨和、好相處。

他在熟了以後偶爾講話會比較酸、也常常吐槽，好吃懶做、最喜歡混吃等死，但待人親切的松竹，很少強烈地展現自我個性。

松竹之所以下定決心不再彈鋼琴，到底是遇到了多大的挫折或痛苦……

我忽然沉默了，眨眨眼。

天啊，一年多前的松竹，當我在圖書館邂逅白宣，跟著那名擁有空靈氣質的可愛女孩一起上山下海拍影片時，王松竹在同一個世界的另外一個地方，經歷了一段屬於他的人生。

結局勢必得標上「可惜」的故事。

「吶，吳疏影。」

「嗯。」

「我真的忍不住想說一句……雖然妳可能會因此又開始傷心，但我管不了那麼多，因為我要說的是松竹的事。」

我有些惱怒，但我明白這個不滿其實不應該針對她。

沒有人需要為此負責。

只能怪命運吧。

我將雙手插進口袋，字字清晰、加上重量地說道：

「吳疏影，王松竹當初真的把妳當成很親密、很要好的盟友跟朋友。」

留下這句話後，我轉身離開田埂，獨留下吳疏影一人。

即將走進民宿時，我回頭望了一眼。

她依舊停留在油菜花田旁，頭低低的，背影看起來是那麼落寞。

隔天十點左右。

睡到自然醒，精神飽滿，我與吳疏影在民宿前方碰面。

她比我還早到，看著姍姍來遲的我。

「嘖。」

「……妳是故意這麼大聲的吧。」

條件反射似地回嘴後，我不動聲色地觀察她的神情，想看看昨晚吳疏影一個人停留在油菜花田旁，是不是又因悔恨與歉意而哭了一次。

但看不出來呢。

她是那種天生麗質的女孩子。

她的臉蛋看不見水腫、淚痕與黑眼圈，還是那般細緻，唯有膚色太過蒼白。吳疏影白皙的臉蛋在太陽照耀之下閃耀著光彩，一雙澄澈的眼眸骨碌碌地轉著，雙手悠哉地垂落在身邊。

看來她昨天雖然很難過，但悲傷的情緒無法在她身上留下太多痕跡。

「柳透光，今天要去哪？」

「附近的大農大富平地森林園區。」

「那裡有什麼？」

「森林。」

「你是不是在敷衍我。」

「去了就知道了。」

我笑出聲來，吳疏影同樣淡淡地咧嘴笑了。

默契提升的我們飛快地交換著沒什麼意義的短句，似乎想沖淡昨天過於沉重、過於深入的交談。

幸好吳疏影沒有深陷於過去的陰影，這是很重要的事。

不再深陷，才有可能走出吧。

民宿有提供包車服務。

我們有事先預約，在民宿外圍等著車來。

吳疏影今天穿上了那件在浮萍社辦裡穿著的米色長版大衣，大衣內裡是一件質感柔軟的粉紫色襯衫，鎖骨處的透明釦子沒有扣上，灰色千鳥紋長褲露出纖細的腳踝。

清新而低調的文青感，這就是知名獨立影評 Youtuber——四月的對外形象。

溫暖陽光之下，吳疏影戴了頂白色畫家帽。

車來了。

坐上車後，我隨口問道：「昨天的旅行還開心嗎？」

「很有趣。」

「作為影評，只能說出這樣的感想是不及格的喔。」

「是嗎？」她伸出食指抵住下顎，微微傾斜頭部，「那我多說一點好了。我深深覺得自己很缺乏深入野外的旅行，走進濕地、兩腳踏進清澈小溪的經驗……視野跟親身體驗不夠開闊，是我現階段不足的地方。」

「那妳應該要多看追逐夜星的白宣頻道。」

「你們還會更新嗎？」

吳疏影脫口而出的瞬間，似乎意識到了不該這麼問。她眨眨清秀的睫毛，眼神中透出一點歉意。

「沒事。」我說。

我們還會更新嗎？誰能知道呢。

城鎮沒多久就從窗外消失，變成了一片接著一片的油菜花田。綠油油稻田相連，如果我沒有看錯，還經過了金針花海。

路很寬敞。

天空很藍。

幾片白雲飄在天空上，天氣非常晴朗。

「我會更新。陽明山的竹子湖之旅，很快我就會放上頻道，同步更新在粉絲團上。」

「你是真的想當 Youtuber 嗎？」

「老實說……」我把雙手枕在頭的後方，審慎拿捏用詞，「我也不知道我想不想當 Youtuber。像妳經營四月評頻道，只推薦冷門與獨立電影，那樣全心全意地投入，或是小青藤那樣製作歌曲，舉辦線下演唱會……妳們都花了很多時間去做。」

「因為那是我們的夢想。」

吳疏影以理所當然的口吻說道。

我點點頭。

成為知名的影評人。

成為小有名氣、能舉辦演唱會的創作歌手。

因為那是她們的興趣，更是她們的夢想，Youtuber 的身分是一座橋梁，幫她們更快累積粉絲。

思考同時，意識飄向遠方。

我的目光瞟向窗外偶爾出現的路樹。

大農大富位於臺九線上，映入眼簾的是一條筆直的道路，彷彿往山脈長驅直入。碧藍的天空、乾淨的草坪風景。

太美了。

「如果只是跟著白宣四處旅行，幫她想點子，偶爾處理剪片的事，一起去任何地方我都很樂意。」

「嗯，你是喜歡跟白宣去玩，『她』本身比旅行還要重要。昨天在馬太鞍有聊到，這件事我已經知道了。」

吳疏影用手指捲弄著躺在胸前的髮梢。

我邊思忖邊說道：

「現在，我不知道我想不想成為 Youtuber。」

「你踏上這趟旅途，是為了親身體驗身為 Youtuber 會經歷的所有迷茫吧，藉此走近白宣，體會到她所經歷的迷茫和痛苦。那，你遲早要思考這個問題的哦。」

「我知道了。」

像是被大姐姐耐心叮嚀一般，我點頭稱是。

沒有多久，我們就到了大農大富平地森林園區。

其實這個距離可以騎腳踏車，只是昨天的經驗告訴我們，逛完景點再騎腳踏車踏上返程，會耗盡剩餘的力氣。

很累人。

昨天騎回民宿，吳疏影的腿幾乎失去了支撐她的力量，癱軟在原地好一陣子。

要是今天這個行程再騎車，我恐怕要背她回去了。

「大農大富……」

吳疏影站在門口，念著園區的名字。

這座平地森林園區很適合在裡面賞花、散步。

園區內經過精心規劃，大部分的植被都經過設計，園藝景觀也有相當的欣賞價值，讓人隨時隨地都想拍照。

木棧道與步道深入大自然之中，林間步道、鄉間小路，也有寬直平坦的柏油路讓人騎腳踏車在園區移動。

停留在入口處，吳疏影隨手拍了一張與湛藍天空、遼闊園區的自拍。

「走吧。」

「我其實想先去蟻窩喝咖啡。之前看學妹的ＩＧ，她來這裡玩時有去那裡。」吳疏影明快地提議。

「好啊，我們的旅行這麼自由，想去哪就去哪。」

我揚手示意走吧。

我們走過草坪，途經園區規劃的七彩花海。各式各樣的文字以園藝設計的方式呈現在花海之間。

吳疏影的腳步放緩，納悶地問道：「柳透光，我好奇一件事很久了。」

「說。」

「我們來到花東縱谷之後，一路上到處都有花海……現在是什麼花的花季啊？」

「哈哈，這是正常的。」

邊說，我邊瞧見了不遠處的木棧道上掛滿了一片片讓人寫字的木板，真好奇來這邊玩的旅客會寫什麼東西吶。

迎著涼風，我開始解釋。

「花東縱谷這塊地方，每年冬末春初的時間，能看見櫻花、大波斯菊、油菜花紛紛綻放。要是五月來，還會有更美的風景。」

「是什麼啊？」

「這裡最美的自然風景——螢火蟲季。」

只有水質乾淨、自然環境保護得非常好的地方，才可能有螢火蟲的存在。

說歸說，螢火蟲漫天飛舞的模樣我也沒有親眼看過。

如果我找到了白宣，一定要計畫一場尋找螢火蟲的行程。

吳疏影發出了長長的「喔」一聲。

她可能暗自決定五月要再來了。

在大農大富園區裡漫步，即使曬著太陽，冬天一點也不熱，身上也不會有那股夏天常有的黏膩。

「柳透光，吹著風散步很愜意耶。」

「是啊。」

「愈走心情愈好了，可惜在臺北很難像這樣散步。」

「去海岸邊或是山間的步道，還行，但也沒有像這邊這麼遼闊的園區就是了。」

這裡的景色可以治癒人心。

吳疏影十分愉快地說：「我只有偶爾會去淡水的海邊散步。在臺北，我從來沒有想過慢慢走路也能這麼快樂，每次看到前面有人擋路就很煩躁，很想超過他，但在這裡不會。」

「因為旅行不必急躁。」

「如果有一個地方是我開始踏上旅行的起點，那就是我腳下這塊土地。」吳疏影極其平靜地說道。

……真不愧是影評出身的 Youtuber。

我偷偷記下這句話，準備當作這集影片的重點文案。

漫步了一陣子，巨大的蟻窩出現在眼前的草地上。

辨識度太高了，一眼就能看出來。

蟻窩是一間蓋在小樹下，以蟻窩形狀打造的橢圓形建物，有著斑白的外壁。外壁上敲了幾個洞，讓空氣可以在蟻窩流通。

「進去吧。」吳疏影率先走進去。

蟻窩的外表很吸引人的視線，走進去也別有洞天。

內部和從外面看起來相同，也是乳白色系。天花板的高度不高，不是四方形的建築設計，因此身在內部有一種微妙感受。裡面除了紀念品外，也販售咖啡與輕食，簡單的桌椅放在牆邊。

吳疏影在蟻窩內敞開雙手，轉了一圈。

「柳透光，我一直很想走進這種形狀特別的屋子裡，像是外表很可愛的巨大蘑菇屋、樹屋，或是這種蟻窩。」

她興奮地拍著照片，撫摸蟻窩的內部牆壁。

她真的很喜歡吶。

我默默點了一杯咖啡，配著一份鬆餅吃起早午餐。

不知道過了多久，或者是消耗完體力，終於滿足的吳疏影也坐了下來。

「決定了，我要當一隻螞蟻。」

她淡淡地說。

……太荒謬了。

我整個人因這強烈的反差而笑了出來，差一點沒被喝到一半的咖啡嗆到。

「咳咳，我在吃東西耶。」

「我只是突然想這麼說而已。」

吳疏影無辜地攤攤手。

「慢慢吃，晚點走，現在是中午。」

我對她說道，畢竟現在是陽光最強的時候。

「好，我也想在這裡待一下。」

在蟻窩中，我們享受悠閒而平靜的中午時光。

吳疏影離開座位，前往櫃檯看著商品。她拿起蟻窩內放置的書，大概是關於這塊園區與這塊土地的記事。

她坐在蟻窩牆壁上的小洞口旁，就著陽光翻了起來。

她專注讀書時，宛如進入了另外一個獨立的時空，旁人完全無法打擾她。

吳疏影一頭烏黑光滑的長髮常常垂落到書紙上，當她受不了時，才會伸手把髮絲別到耳朵後方。

那副模樣十分迷人，都可以當成 Youtube 影片的主視覺了。

那是一種優雅的古典感。

當我開始因為午後特有的寧靜與暖意而昏昏欲睡，吳疏影搖了搖我的肩膀。

她把書本放回原位，在櫃檯處買了幾片乾燥花壓扁做成的書籤。

「走了，我們再去園區散步吧。」

「好啊。」

我揉揉臉頰，精神回復了不少。

吳疏影比我還積極了。

我開始好奇，她的雙腳真的能支撐她完成今天的行程嗎？

我們重新回到園區平坦的大道上。

「大農大富，真的很適合愜意漫步。」

「是啊，不用規劃下一個地點，只要順著大路走著，一道道風景就會出現在眼前。」我隨口回道。

占地寬廣又乾淨得讓人想打滾的草坪、數不清的花海、原住民的圖騰，還有許多園藝造景。

七彩繽紛的花朵綻放，如彩虹一般。

吳疏影還一度走進了一根根白色漂流木立在地上搭建的迷宮，漂流木每一根都比她還高，她費了好一會兒才走出來。

如果想更貼近自然，就轉入小徑中，一切都很自由。

不知不覺間，我們已經離開了大農大富的主要園區，也不知道到底走了多久。海岸山脈與中央山脈依然在兩側，山峰上飄著白雲。

吳疏影忽然停下來。

一直散步，我都沒有注意到她的身體狀況，體力還撐得住嗎？

「還行嗎？」

她輕微地喘著氣，胸口的起伏卻透露出她在故作堅強。

她先是平復了呼吸，才略顯虛弱地說道：「還可以。」

天氣很涼，時有微風，但長時間在太陽下行走，吳疏影的臉蛋上早已泛紅。

她兩邊的酒窩紅通通，髮際也浮出些許汗滴。

她平常一定很少運動吶。

我轉了轉身，試著搜尋附近有沒有休息的地方，發現了在楓樹下的木頭長椅。

「坐一下吧，我腳痠了。」

「……唔，好啊。」

她有些遲疑，但點頭跟上。

要是直接叫吳疏影休息，她可能會嘴硬說不累吧，還是說我想休息比較保險。

我們在木頭長椅的兩端坐下。

落葉飄落，四周瀰漫著一股楓葉的清香。

從遠方拂向樹林的風吹到我們身上，橘色楓葉從空中緩緩飄落。

「啊，這裡是楓樹林。」

坐下後我才後知後覺地意識到，我們走進了大農大富園區的南環楓樹林步道，相比主園區，這裡人更少了，有種祕境的感覺。

冬天冷冽的空氣，把高掛樹梢的楓葉都染紅了。

楓樹林步道上、楓樹下方的土地積滿了凋零的楓葉，風景更顯寂寥。

吳疏影坐在木頭長椅上，她凝視著雙腿若有所思。一語不發，她站起身走到我這一端坐下，背靠著我，雙腿往木頭長椅上一擺。

一雙形狀漂亮，曲線修長的筆直長腿在椅子上伸展，她開始輕輕搥著。

「妳會累嗎？」

「為了看這裡的風景，再累我也會說不累。」

「妳倒是滿誠實的。」

「換我問問題了。」

吳疏影的聲音從我背後響起。

我看不到她，正想轉身時，她用背頂向我的背。

「不要轉過來。」

「……好。」

「這個寒假，白宣就沒有再更新過影片了。你在很多『追逐夜星的白宣』頻道拍過影片的地方出現，說是為了找尋白宣留下來的線索。意思是說，每一個找到的新線索，都會指引你去下一個地方，為什麼你在銀柳道那邊挖出時光寶盒之後，就不再找白宣了呢？」吳疏影輕聲問道。

果然是這個問題。

果然沒辦法逃避。

吳疏影心裡肯定在意很久了，一直在尋找適當的時機提問而已。

經過昨天晚上我們一起站在深夜的田園邊，數著星星、對著流星許願的深夜談話，我想吳疏影已經成為我能傾訴的對象。

信任，是雙向的事。

她對我說出了很多足以讓她難過大哭、悔恨悲傷的回憶了。

我如果總對重要的事絕口不提，擺出若無其事的表情蒙混過關……

那就太糟糕了。

語氣不知不覺變得有些低落，我誠實地說道：「因為到那邊就沒有留下線索了。」

「只是這樣而已嗎？」

「……為什麼這麼問？」

「只是這樣的話，你怎麼會找我一起出來旅行？」吳疏影用手肘頂了頂我的背，隨後背部不再頂著我，似乎把雙腿放回地上了。

我轉過身。

這次沒有受到阻攔，看向正陶醉地望著頭頂楓紅的吳疏影。

楓葉的顏色不一，有青綠、淡橘、深橘、火紅、暗紅，直到枯萎的顏色。

吳疏影也不說話，就只是抬頭看著。

「白宣在信裡透露，她其實不太想繼續做 Youtuber。」

「她想放棄？」

「我不太清楚。只是那些一直困惑著她的迷茫，像是螢幕前後的差距——到底哪一個人才是真正的自我。那些困擾、那些迷惑，我實在無法感同身受，也不能體會，所以……我才踏上旅程。」

「嘗試體驗白宣做過的事，當一個旅行 Youtuber？」

「嗯。」

我故作颯爽地回應。

吳疏影發出「喔」的一聲長音，雙手抱在胸前，似乎也開始思考。

真正的白宣，是那個氣質空靈、雙眼清澈的女孩。全身散發一股說不出的神祕，喜歡一個人坐在海邊，任憑思緒飛向遠方。

她與人的距離若即若離，有時我覺得自己走到她身邊了，伸手觸碰，卻發現還是隔著一道透明的冰牆。

即使如此，她對我而言卻依然具有致命吸引力。

水昆高中的高二生——白宣。

還是另外那個在沙岸上閃耀著晴天般的燦笑，俐落地清蒸著螃蟹；在盛夏時節到鄉下摘桑椹，騎著腳踏車在田野間穿梭；在高山部落，雙腳踩進小溪裡抓魚，總是元氣滿滿的她。

追逐夜星的白宣頻道的 Youtuber——白宣。

想到這裡，我重整思緒。

風捲起了地上的楓葉，發出窸窸窣窣的聲音。

陽光從樹梢間穿透而過，照耀著我與吳疏影。

「白宣她在線索裡問過我，她很在意這個問題：當你最脆弱的時候，心中浮現的往往是你最喜歡的人——透光兒，你心中的那個人是誰？」

「你們兩個人的相處也太悶了吧。」

真不愧是高中生，她補了一句。

但這並不是甜蜜的發展啊。

我繼續說道：「那個問題我回答了，回答了兩次。是那個上山下海做影片，深入山林、踏入野溪，走到海岸、前進離島，個性活潑開朗，對人都充滿親和力，還常常在野外料理的 Youtuber——白宣。」

「你……」

吳疏影微微皺起眉頭，她認真地看著我，還用雙手把我的上半身轉正。

四目相對。

吳疏影的表情頭一次流露出責備的含意。

「你喜歡的是身為 Youtuber 的她？」

我沒有回答。

「告訴我，柳透光。」

「我……」

「你喜歡的是那一個永遠掛著晴天一般的燦爛笑容，活力滿滿，帶領大家探訪許多祕境、風景點，一點迷茫跟煩惱都沒有的白宣？」

「當然不是。」

我試著換上堅定的口吻，卻發現難以辦到。

我只能悲傷而真誠地說道：「我喜歡的是那個會憂鬱、會迷茫、會失落的女孩，跟我一起當值日生的白宣。」

吳疏影聽完後，姣好的五官愣了一愣，放心似地笑了。

「你要把這句話告訴她。」

「我找到她，一定會跟她說的。現在不管是手機、通訊軟體、粉絲團都找不到她，她早就消失了，我聯絡不到她。」

「你遲早會找到她的。」

吳疏影安慰似地用手拍拍我的頭，她的手細緻柔弱，卻具有撫慰人心的力量。

頭一次我心裡湧起她真的很可靠，很像是一個大姐姐一般的感覺。

她原地站起。

有朵楓紅正好停留在她的頭頂，她隨手摘下，拿在眼前端詳。

「走吧，該往回走了。」

「要回去了嗎？」

「慢慢走回去吧，我的身體又快要不行了。」

「嗯，好。」

我們沿著楓樹林的步道走了一陣子，道路兩側盡是楓樹。

楓樹夾道，落葉紛飛，輕微楓香讓人心情愉快。

在這裡我拍了很多素材。

這裡很符合追逐夜星的白宣頻道常拍攝的祕境影片，楓葉也是很受歡迎的題材。

吳疏影邊走邊用手撫摸楓葉與楓樹，她似乎更加在意實物的觸感。

沿著原路，我們走回了大農大富的主園區。

吳疏影的雙手在背後交疊，隨意地走著。

來這裡玩，長時間待在室內製作影評，不是在電影院，就是在電影院路上的她真的很開心。

一路走到出口，我們等著通往民宿的包車，吳疏影正在把亂掉的瀏海重新梳順。

「柳透光，明天要去哪？」

「我想深入臺灣中部。」

「南投嗎？」

「對，我們去看魚池的日月潭吧。」

「那裡可以划船吧？我想去。」

「可能要先去日月老茶廠一趟，那裡是我想介紹的祕境……然後再去日月潭，想划船就去划吧。」我微笑地說。

車來了。

我們坐上車開始返回在鎮上的民宿。

花東縱谷之旅告一段落。

這趟旅行中我們兩人聊過彼此的心事，對彼此遇到的迷茫都稍微瞭解了，但我對於王松竹為什麼不再彈琴，還是心有疑問。

我看著她的側影，心裡想著，還有一件事要問她。

CHAPTER 4
日月老茶廠

宜蘭平原。

翠綠蔥田與稻田包圍的白色民宿。

「早安。」

「早安，我來煮早餐，你去弄飲料吧。」

「……沒問題。」

我與白唯剛都收好了行李，準備坐火車返回臺北。

背包堆在一樓的沙發上，我們正要度過這趟旅行的最後一個早晨。

走進廚房。

空氣間飄散著早晨熟悉的氣息。

烤吐司的焦香、煎蛋的氣味，與培根火腿的香氣。

站在料理檯旁的是白唯，我則在後方的餐桌泡著手沖式咖啡。

白唯穿著略顯大件的白色襯衫，袖口反折，搭配天藍色水洗牛仔褲，正俐落地煎著培根。

她一手扠腰，一手拿著鍋鏟的模樣，有點帥氣。

白宣肯定不會做出這種姿勢呢。

「你的蛋要熟嗎？」

「半熟。」

「吐司呢？」

「焦一點。」

「喔，烤吐司機在餐桌那裡。」

白唯轉身對我吐吐舌頭。

一瞬間以為她會溫柔地幫我烤吐司的幻想，真的是在作夢。

「冰箱裡有生菜，你先拿出來洗一洗、切一切，配上烤吐司、煎蛋、培根、火腿，就是很豐盛的早餐了。」

「好，那我來擺盤子吧。」

沖完咖啡，我開始照白唯的指示準備。

冰箱裡的生菜經過清洗後，簡單地折一折就能擺在盤子裡，看起來十分新鮮，富有水分，很脆。

烤好的吐司放在盤子上，烤吐司強烈的焦香撲鼻而來。培根與火腿的油香也在廚房飄散，還有咖啡的濃醇。

白唯用手機播放純音樂，琴聲在廚房裡流轉。

她關掉抽油煙機，把煎好的培根火腿端上了桌面。

「冰箱裡還有果醬。」

「對吼，我來吃吃看花生醬。」

我起身拿出果醬罐，回程時看見了白宣耳垂下那一晃一晃的耳環。

橡樹果實形狀的耳環。

我們開始吃起早餐。

像是刻意忽視昨天深夜到底發生了什麼事一般，我與白唯都在做著、說著、聊著一點也不重要的小事。

直到現在，廚房裡只剩下刀叉交錯的聲音。

沉默降臨。

看著白宣若無其事的模樣，我終於忍不住開口問道：「白唯，昨天晚上的人是妳嗎？」

白唯抬起頭，嘴角邊還殘有吐司的屑屑。

她明亮的雙眸直勾勾地凝視著我。

「你想聽到什麼答案？」

「我想聽到……」

「聽到不是，想聽到我說那不是我。」白唯放下刀叉，反問：「然後你就可以覺得，那是我姐嗎？」

「……是妳吧，我想應該是妳。」

「你怎麼判斷的呢？」

「我能分辨，但我也沒有辦法告訴妳我是怎麼分辨的。」

「我和姐姐的外表一模一樣喔。」

面對這個懷疑，我很有自信地笑了。

「白唯，這妳就錯了。即使全天下的人都看不出妳們的差別，但我可以透過整個人的氣質、在身邊的感覺，以及那雙眼睛，就能分辨出妳們。」

白唯自顧自地以偏小的音量呢喃。

「什麼？大聲一點。」

「你做不到。」

我微微一愣，不明白她怎麼會如此確信我做不到呢？

我喝了口黑咖啡，讓苦澀的味道刺激思考。

難道……

不可能吧？

我想起在綠島時曾經有過的懷疑，雖然只是一閃而過的念頭，但我確實為此納悶過。

在第一次與白唯在碼頭見面時。

迎著風，更早抵達綠島的她，碰巧與我相遇。

「姐姐的狀況看起來有點不對勁，我打電話問她怎麼了，她沒有接，好像消失一樣。所以我昨天就去她的房間，偷偷看了她的電腦，想找找有沒有蛛絲馬跡。」

「既然妳都說到學號了，妳也看過那個影片了吧？」

看過影片，也就會看到白宣那張照片吧？

但是，我已經把白宣在綠島的照片拿走了，白唯怎麼有辦法找到綠島來呢？

重整思緒。

我平復心情，看著眼前愉快地吃早餐的白唯。

是不是我想太多了？

不可能是我心中那樣的發展吧？

在宜蘭礁溪的萬葉溫泉屋，白唯講到白家姐妹小時候的回憶，她非常低落。

那是足以讓活潑開朗、充滿元氣的白唯，變得不開心的童年回憶。

事情很明顯，如果有人試著在她身上尋找白宣的身影，或是把她當成白宣，她絕對不會開心的，會很生氣。

……該不該說出心中的臆測？

打定主意，我決定試探試探。

「妳為何這麼篤定我分不出來？」

「因為我和我姐是雙胞胎啊。」白唯嚼著培根，理所當然地說道：「你所謂的『氣質』，也不過就是在做什麼，用什麼動作在做事吧？我如果學習我姐的走路方式、思考時的小動作，整天面露迷茫，就一模一樣了。」

「這可能嗎……」

「到時候，你肯定自己分得出來嗎？」

「我不知道，但有機會的話我很想試試。」

我的視線轉回吐司。

本以為是無關痛癢的普通回答，卻勾起白唯的興趣，她進一步問道：

「那這樣說好了。昨天那個安慰你的人，摸摸你的頭，坐在你旁邊跟你說故事，她的氣質很像是白宣吧？是不是？你大可以直接摘掉她的面具，或是問她——妳是誰？」

我說不出話。

「但你不敢。」

「我……」

「所以我說了，你無法分清楚我和她的，何況還戴上狐狸面具了。你根本分不出來我們誰是誰。」

「嗯……」

我低頭看著早餐。

確實，昨天深夜的我精疲力盡，精神跟體力都大大消耗。戴著狐狸面具的女孩出現了，還摸摸我的頭安慰我。

我不敢摘下她的面具，也不敢質問她是誰。

我心裡在怕什麼？

詢問自己良久，卻沒有得到答案。

那麼，承接白唯的懷疑，昨天晚上安慰我的狐面女孩是誰？

我心中的直覺是白唯，實際相處帶給我的感覺也是白唯。

信心從心底湧出，我懷抱著百分百的自信說道：「妳是白唯，昨天晚上的女孩也是白唯。」

「對。」

白唯沒有繼續隱瞞，明快地點了頭。

我微微一笑。

「那至少我分得出來是妳了。」

白唯的臉蛋浮起一絲可愛的紅色，「這、這是基本的啦！」

像是想隱藏自己的窘迫，她端起茶杯喝了一口。

「這是什麼茶啊？」

「臺茶十八號——又稱，日月潭紅玉紅茶。」

吳疏影的雙手放在背後，信步前行。

「柳透光，紅玉這個名字真的很美。」

「嗯，很美。」

「為什麼叫做紅玉呢？」

「……因為紅色茶水溫潤如玉吧。」我隨口答道，但經過一想，覺得這答案也說得過去。

「這裡的茶廠很有生意頭腦，認真地設計了深具質感的外包裝，配上打動人心的文案，把原本就是頂尖的臺灣本地茶葉推廣了出去。」

現在紅玉頗富盛名。

「紅色茶水溫潤如玉啊……」

很美，她說。

吳疏影細長的手指撫過茶廠外的茶樹。

她擦上的紅色唇膏很亮眼。

今天的她依然戴著那頂白色貝雷帽，長袖白色襯衫略顯透明。柔軟的襯衫外，罩上了一件淡紫色的肩帶式無袖洋裝，兩件式的長裙打扮，讓她的氣質更顯獨樹一幟。

「墨跡，你親手採過茶嗎？」

「幹嘛叫我那個名字？」

「畢竟到了隱密的景點，覺得必須對你表示一絲敬意。」

「對追逐夜星的白宣嗎？那妳昨天就該這樣對我了……我採過。」

我咧嘴一笑，有些無奈。

曾經和白宣在南投進行採茶比賽過，不過我輸了。

「還真的採過啊？我只是隨口一問而已。你的人生經歷真的比我多好多呢。」

我想先走走，等一下再進去喝茶。」

「好啊。」我隨口應道。

我跟著吳疏影在日月老茶廠外漫步行走，邊欣賞著老茶廠外的風景。

就在茶廠外有著純綠色的梯田與茶園。

極好的生態環境，使用日月潭的泉水，自然能種出最頂尖的茶葉。

「好少人吶……」

我東張西望著，這裡真的是祕境。

幾乎沒有其他遊客，只有看到幾個日本老人。

這片山林有拍成影片的價值。

日月老茶廠從容自在地矗立在南投魚池，如果沒有特意來找，很容易錯過這個隱身於日月潭周邊的古老茶廠。

我雙手插在外套口袋裡。

「這裡的愜意程度和大農大富平地森林園區有得比。」

「嗯，很輕鬆。」

吳疏影輕輕回道。

淡紫色的裙襬與略顯透明的白色襯衫搭配，絲毫沒有影響到她走路的速度。反而讓她本就文藝清新的氣質，更加鮮明了。

當她走在老茶廠邊，整個人彷彿能與這塊田野山林融合在一起。

那古老的氣息，靜靜地一個人杵在被世人遺忘之地。即使無人駐足，依然拒絕塵世喧囂般的態度——與四月評竟是那般相符。

發自內心，我對四月評與吳疏影心生尊敬。

日月老茶廠所在地海拔較高，風景盡是田野風光，梯田在山林間延伸。

氣溫也更冷了。

前方的老茶廠採無為而治的自由制度，不用門票，隨時可以走進去參觀。茶廠內設有完整的茶葉製作器具，讓人瞭解製茶的流程。

我與吳疏影穿過茶廠旁的小路，走向後山。

「快看，柳透光，是梯田。」

「嗯，這裡大概是老茶廠的茶園。」

「唔，這是我人生中第一次親身站在梯田最下面，往上看著整片梯田。」吳疏影的語氣帶著敬畏，珍惜地凝視梯田風景。

翠綠色梯田一路向上，種滿了一排一排的矮小茶樹。

淡淡的茶樹芬芳盈滿鼻間，老茶廠發出的茶香也隱約飄盪。

露水的氣息、土壤的氣味。

和煦的暖陽、寧靜的早晨。

幾隻白鷺鷥，在茶園間飛翔，尋覓著探頭的蟲子。

這麼美好的大自然環境，連我都有些目眩。

陪著白宣走過那麼多地方，上山下海深入了那麼多祕境，眼前這個畫面，還是震撼到我了。

日月老茶廠這裡採集的茶葉，到底會有多好喝？

「柳透光，我好想住在這裡。」

「別鬧了。」

「為什麼這麼說？」

「依照妳柔弱的體力跟妳在臺北的城市生活習慣，住在這邊是不可能的，這輩子都不可能。」

我老實地對她說。

吳疏影只是淡淡一笑，爽快的她不再糾結。

她看著白鷺鷥在茶園間飛起、降落，拿起攝影機，飛快地捕捉畫面。

拍完照片，吳疏影的目光瞟向遠方。

「我想去梯田裡摸摸茶樹。」

「好啊。」

急得不想等待我的回應，吳疏影早已邁開腳步。

我們一起走上梯田，踏進帶著濕氣的土地。

茶葉要好喝，灌溉的水質要乾淨，尤其是毫無汙染的山泉。當地最好能終年雲霧繚繞，濕氣很重，讓清晨露水停留在嫩葉上。

而這裡可是出產紅玉紅茶的地方。

吳疏影走到比我更高一階的梯田，一心一意地觀察著茶樹，微微傾身。修長而白皙的雙手從袖中探出，輕輕地觸碰茶葉。

茶葉很嫩，稍微太大力觸摸，都很容易讓它受傷。

「妳知道怎麼弄嗎？」

「不知道，但我會試。」

無言的我看了嫩葉一眼，上面還沾著今早的露水。

山裡雲霧之間，氤氳繚繞之地，這裡是最好的茶園。

就在這時，陽光從梯田最上方的山林穿透，映射到我的臉上，有些刺眼，我忍不住伸手擋住光線。

吳疏影背對著陽光，數不盡的燦爛千陽成為了最亮眼的映襯。

她那過於纖細的身影，耀眼的光芒模糊了她身影與背景山林的邊際線，只有少許光芒穿透了她垂落的髮絲。

她用手摘了一片嫩葉，心滿意足地抬起頭，望著我微笑。

晴天般的燦笑，在此刻化為真實。

「……天啊。」

她的睫毛眨了兩下，那是暗示。

她清楚無比地知道什麼時候的自己最美。

等到陽光重新隱於山林、雲霧後方，我對著吳疏影拍了幾張照片。

「好了。」

「柳透光，我們進去看看茶廠，喝幾杯這裡的茶吧。」

「我也很想喝，手都冰啦。」

吳疏影經過我時，像是表達謝意般敲了敲我的肩膀。

我們從梯田返回小路，再沿著小路回到日月老茶廠後方的空地。

「好香。柳透光，你有聞到嗎？」

「有，是哪邊傳來的啊？」

我往周圍看去，吳疏影則閉上雙眼，將判斷交給了鼻子。

我們走到側面的圍牆，那裡散發出濃濃的茶香。製茶需要通風的環境，日月老茶廠的建築體現出了這點。

回到空地，大樹下擺著木桌與木椅，附有撐起的遮陽傘。

幾名散客正在泡茶聊天，氣氛非常慢活、悠哉。

日月老茶廠外有茶商在販售現泡的茶，我與吳疏影走向了沒有人坐的木桌。

冬末春初的氣溫還有一絲寒冷，但漸漸到來的春天，捎來早春特有的氣息。像是萬物初萌、具有生命力的春風，拂過吳疏影的臉蛋。

茶香流淌。

山林的芬多精，也環繞著我們。

吳疏影按著帽子，等風吹過。

「這是你們點的日月潭紅玉。」老闆將煮好的茶放在盤內端上桌，還附上了兩塊綠豆沙。

吳疏影首先斟了一杯紅玉，倒在小巧的白茶杯內。

她望著茶水，杯上飄散著白煙。

「這抹讓人看了感到一陣溫暖、很難形容的紅色……確實溫潤如玉。」

「是吧。」

我微微一笑，也倒了一杯紅玉。

茶湯明亮透紅，聞起來有天然的肉桂及淡淡的薄荷香。

這是茶的味道嗎？

一般的茶葉怎麼可能有這股香氣？

我微微閉上眼。

終年雲霧的潮濕山林、不久前看到的翠綠色梯田、一排排染上露水的茶樹、此起彼落的白鷺鷥，光景紛紛閃過。

「不可思議……」

「我想要買幾包回去。」

吳疏影盯著茶湯說道。

她舉著茶杯，反折起來的袖口向後退去，露出一截無比骨感、脆弱的手腕。

我輕抿了一口紅玉，決定切入主題。

這一趟從東部馬太鞍濕地、大農大富森林園區，直入南投魚池的旅途也快到了終點，有些問題，我勢必得探個究竟。

我故作放鬆地在杯緣上畫圈。

「松竹很喜歡喝紅玉。」

吳疏影沒有回話，只是平靜地別開視線。

她的目光投向山林。

無所謂，我還是要繼續說下去。

「他在做完一集影片，或是終於敲定和其他人的合作企劃案之後，就會坐下來喝一杯日月潭紅玉放鬆心情。妳要不要帶一包給他？」

「柳透光同學。」

「嗯？」

吳疏影她輕挑眉毛，細長的食指在杯緣上輕點。

「要編故事來聊這個話題，也要編好一點，你覺得這樣能騙得了我嗎？」

「……」

「王松竹那傢伙從來沒有這個習慣。他每次忙完 Youtube 的工作，拍完影片、剪完影片、搞定合作案，放鬆自己的方式是……」

「去吃拉麵。」

我們異口同聲地說道。

好吧，我嘆口氣。

大失敗，我太低估了她對松竹的瞭解。但她說得出這個答案，表示他們的友情真的不一般吶。

「行，是我錯了。」

「哼，一年多前我認識王松竹時，你還不知道在那裡呢，柳透光。」吳疏影很乾脆地挑釁道。

「對不起，是我錯了。」

居然比我還要更了解他。

「有一段時間，現在回想起來真的好懷念，我們常常湊在一起討論夢想，聊著未來的事。」

「嗯……」

「我那時還沒有這麼紅，畢竟我一直只做獨立電影、冷門電影，或少數劇情片的影評。基本上，我把多數的大眾都拒絕在門外了。」

王松竹他一直很不解這點——吳疏影極其無奈地說。

看得出來，她正被難過而複雜的回憶所籠罩。

「大眾嗎?」

所謂大眾,意指何人?

我皺眉思索。

……跟著追逐夜星的白宣一路走來,我會拍片、會剪片、會蒐集素材,但我似乎沒有經歷過關於人氣的煩惱。

跟著白宣迷人的背影去旅行,頻道本來就約有十萬訂閱。

搭上 **Youtuber** 爆發的那一年風潮,白宣本就在 **Youtuber** 圈無可取代的頻道內容,沒有多久就超過了五十萬訂閱。

說起來,我甚至無需思考要怎麼紅。

身為墨跡的我,一天,甚至一秒也沒有思考過。

吳疏影揉揉額頭,嘴角閃過的笑容,透著疲倦與懷念。

「我們常常約在工作室,我自己在外面租的工作室,思考如何提高影片品質,怎麼讓頻道更紅?廢材上的風霜菇、四月評,這兩個頻道怎麼合作?我們又要怎麼樣才能獲得更多人氣?」

「在妳出現之前,松竹從沒跟我說過這些事。」

「因為他不認輸啊，死都不認輸，他也不想讓別人知道。」

「認輸？」

我納悶地問。

「那傢伙……」

吳疏影欲言又止，嘆口氣後，富有感情地說道：「對於 Youtuber 的身分我們都很認真看待，也常常因為路線而吵架。像是四月評要不要做熱門院線片的影評，即使是吐槽也可以，但我真的完全不想做。有一次，應該說就是最後一次了，我們吵得不可開交，在工作室裡幾乎大打出手。」

「然後呢？」

我好難想像松竹動氣的模樣。

似乎因心裡湧起波浪，吳疏影停頓了下來，等她緩過神後才繼續下去。

「或許是我們彼此的關係太好了，覺得可以向對方恣意宣洩所有脾氣，而不小心跨過了線。吵到最後，王松竹對我大吼：『妳不要整天只躲在冷門的文藝小圈圈，自命清高地站在門外，拒絕大眾的喜好是不可能成功的！』

「我把他送我的大蘑菇布偶丟回去給他，大吼回去：『你不要整天逼我做我不想做的事！為什麼老是要我做熱門片的影評，跟著風向累積人氣？我完全不想要那樣！你要逼我傾向大眾，放棄自己想走的道路，那你自己就給我當一個彈鋼琴的帥氣 Youtuber 啊！』」

吳疏影字字清脆，真情流露地一口氣說完，露出鬆了一口氣的輕笑。

「這是我第一次對別人說這件事。」

坐在位置上的我傻住了，根本沒有想到他們會有這樣的過去。

我重新斟了一杯紅玉，也替吳疏影倒了一杯。

舉起茶杯時，我小聲地提問：「還有後續嗎？」

「沒有了，在那之後我們有意地減少碰面，也就漸行漸遠了。」

倔強的兩個人。

不服輸的兩個人。

「他真的那麼不喜歡鋼琴啊？」

「咦？你不知道他對鋼琴的想法嗎？」

面對她的提問，我搖搖頭。

對於「廢材上的風霜菇」松竹，我真的知道得太少太少了。

「王松竹很會彈鋼琴，很有天賦，就算是一般人也能很快察覺這點。」

「嗯。」

「但從小接受音樂栽培、苦練到大的他其實沒有那麼喜歡鋼琴，Youtuber才是他最想要做的事。他不想用鋼琴演奏者的身分作為賣點，更不想靠鋼琴吸引粉絲，寧可以閒聊，到處feat別人或直播，也不想要靠鋼琴。」

「他果然不喜歡鋼琴……」

這件事我還是觀察得出來。

「對，是很不喜歡。」

吳疏影往後靠向椅背，無奈地續道：「王松竹一直認為，要紅，就要逼自己做不喜歡的事，像我是擁抱大眾，他就是去彈鋼琴。但現在，我依然只做小眾的影評，堅持走自己的路，努力了好久終於小有成就。王松竹他看見了我的成果，不可能輕易服輸，去做自己不想做的事。」

「這意思是……我懂了。」

像是彈鋼琴。

像是以音樂作為頻道主題。

「他不會乖乖認輸的。以前，他最受不了像是弟弟一樣聽我的話，不想表現得比我還小。要他主動投降認輸，不可能。」

「原來是這樣。」

我恍然大悟。

這就是困擾我很久的問題的答案。

松竹明明跟小青藤一起登臺就好了，根本不需要為才能上、名氣上的事情自卑。

那能感動人心的鋼琴演奏，搭配那如細雨般清冷的歌聲，Youtuber 圈最美好的音樂即將降臨。

但原來這是很難做到的事。

山林間的微風拂來，吳疏影深吸了一口氣。

她沒有哭出來，但很悲傷。

我去浮萍大學的獨立電影社找吳疏影時，她剛從社辦的隔間走出來，即使看到外人到來也毫不掩飾地放聲大哭，梨花帶雨。

脆弱易碎，但拒絕別人走近。

有一種清高的文藝女孩美感。

她會沉浸在那些深層的情感裡，就算身心受到影響也無所謂。

我注視她的動作，不知道該說什麼，只好喝茶。

吳疏影把茶杯推到一旁，趴在木桌上。

「雖然我現在比較紅了，四月評只做著自己想做的創作紅了，但我真的……」

「嗯？」

「我好懷念，兩個人在小小的工作室裡剪影片，大聲討論著主題。餓了就叫外送披薩或速食，吃完的盒子丟旁邊；渴了就猜拳，輸的去樓下買飲料；想睡了就戳戳對方，或背靠著背工作，讓兩個人都不要太早睡著……」

那是她發自內心深處的追憶。

對於早已逝去的過往。

太陽升起，金黃色的光芒照耀著另一片山頭的山林與梯田。我的思緒也飄向遠方，費了好一番工夫才拉回。

時間不早了。

我看著她彷彿訴說著千言萬語的雙瞳。

「我也想聽到他彈琴。」

「是嗎？」

「是啊，他不彈琴實在太可惜了。」

我實話實說。

不過，目的不只是想聽到他彈琴，而是想讓松竹和小青藤一起站上舞臺，在舞臺上閃耀光彩。

無論是在小青藤舉辦的地下演唱會，或是在Youtube頻道上聯手演出。

小青藤，與廢材上的風霜菇。

我無比地期待能看到這樣的場景。

「回臺北之後，幫我做一件事，一件事就好。我一定盡全力，讓松竹試著彈鋼琴。」

一時沉默。

她皺起的眉頭，似乎代表了對我的懷疑。

曾經關係如此要好的吳疏影都做不到了，何況是認識時間更晚的我呢？

「你為什麼要幫他？」

「因為我們是朋友。」

我乾脆地回答，絲毫不須思考。

吳疏影咧嘴輕笑。

「好，我答應你。」

喝完茶壺中的紅玉，我們心滿意足地起身離開。

離去之時，吳疏影回頭望了一眼。

放著兩只白色小茶杯與茶壺的木桌，落葉緩緩飄落其上，她拍了幾張照片。

「柳透光，接下來要去哪？」

「嗯，我們先坐車去日月潭步道，在環繞日月潭附近的步道走一走，快黃昏時再回到日月潭吧。妳想坐船，那時去坐就可以了。」

「看夕陽之下的日月潭？好，我很想看。」

達成協議，我們離開了日月老茶廠。

這間默默在隱藏在深林田野、擁有五十多年歷史的老茶廠，依然飄散著濃厚的茶香。

真希望有更多人來造訪這裡，瞭解這片土地的美麗。

CHAPTER 5

茶鄉名間，日月魚池

放學一陣子了。

水昆高中的校園很大，正是放學時間，三兩學生穿越了操場中央青草地，往校門口移動。

沒有多久，校園就恢復了寧靜。

暖橙色的夕陽，隱約帶了點火紅色。夕陽西下，紅霞占據了半片天空。稍稍眨眼，高懸天際如清泉般流淌的餘暉，在眼裡留下獨特的印象。

好美。

在心裡說完，我帶著手上從校門口的商店買回來的冰咖啡跟切塊蛋糕，推開教室的門走了進去。

「白宣，我回來了。」

「嗯嗯。」

「怎麼樣，妳有點方向了嗎？」

「一點點。」

白宣抬起頭，「我在想下星期南投的那趟旅行，我們的行程路線，我想去野溪走走，但具體位置要走了才清楚。很多野溪地圖上根本沒有。南投的話，野外釣魚、原住民風情料理、茶鄉、日月潭，也都很適合拍成影片。」
「妳最想去哪裡？」
「都想去……但真要說的話，最想探索野溪吧！」
她雙眼垂下看著筆記，露出苦惱的模樣。
我微微一愣。
白宣低著頭，認真為了劇本煩惱的模樣，天啊……也太可愛了吧。
我拉開座位，在白宣的對面坐下，加入思考的行列。
放學之後，如果白宣想在教室裡寫企劃或是做影片，我們都會坐在一前一後的位置，把白宣前面的課桌子倒轉，讓兩張課桌椅拼成一張。
「喏，這是無糖冰拿鐵。」
「謝了，透光兒。」白宣伸手接過，她輕蹙了眉頭，「透光兒，你也要跟我一起想企劃啊。你是跟我一起拍影片的人，不是後勤人員。」
「好啦，我知道的。」
我也拿出一本筆記本，上面記滿了注意事項與以後旅行的行程企劃，還有幾段文案。

夕陽光芒在這時映射到教室裡，燦爛的紅霞從窗外透射，渲染了整間教室。眼前的景色頓時變得朦朧，彷彿戴上了名為夕陽的濾鏡。窗簾、課桌椅、講臺、直到黑板，充滿了夕陽那揉合暖橙、橘黃、火紅的獨特色彩。

「我有靈感了。」

回過神的白宣，開心地笑了。

「那趕快跟我說吧，我們一起來完成下週的行程。」

「說到這個，透光兒，南投鄉鎮的名字都很美呢。水里鄉、埔里鎮、魚池鄉、鹿谷鄉、名間鄉……都是滿典雅的名字。」

白宣形狀漂亮的手指轉弄著鉛筆，她直勾勾地看著我說道：「這次的主題是，茶鄉名間，日月魚池。」

我與白宣一起到了南投魚池鄉，後壁林附近的休閒魚塘。

魚塘四方山巒環繞，林木蓊鬱，一跳下腳踏車，我與白宣就感受到了當地新鮮的空氣。

這裡環境十分清靜，氣候宜人，遊客不像日月潭附近那麼多，更添了一分悠哉。

不過現在的我有點累了。

不知道為什麼，旅行中的白宣總是活蹦亂跳、天真爽朗，閃耀光彩。

「唉……」

白宣似乎察覺到我的狀況，體諒地用手揉揉我的肩膀。

「透光兒，接下來要做的事你可以坐著。」

「那就好。」

「等我。」

她輕快地走向魚塘旁邊的棚子。

為什麼我會累呢？

因為早上白宣與我先到了南投名間鄉，就在魚池鄉附近。

茶鄉名間，茶香常在。

名間鄉是臺灣茶葉最大的出產地，金萱、翠玉、四季春等常見茶種都在這裡，最著名的茶葉大概是松柏長青茶。

每到採茶製茶時期，走在街道上、茶園旁，到處都能聞到茶葉的清香，還可以看見很多茶農在忙著製茶。

名間鄉，有一條能欣賞茶園特色的茶香步道。

當地居民使用在茶園兩旁，產茶與製茶的道路所開闢出來的步道。漫步在茶香步道之中，能欣賞沿途茶鄉美景。

步道裡茶香飄逸，令人流連忘返。

深入曲折蜿蜒的茶香步道，我與白宣耳邊常常能聽到蟲鳴鳥叫。

終年長青之地，自然環境真的很美。

「好香，透光兒。」

「這裡的茶葉氣息真的太扯了……」

「我要買一些回去當庫存，晚上做影片愛睏時可以泡來喝。」白宣嗅著空氣間的淡雅茶香。

若只是在茶香步道悠遊，我也不會這麼累了。

一離開茶香步道，白宣在森林邊緣似乎聽到了小溪的流水聲。她豎起耳朵，想也沒想就靠近草叢。

「白宣？」

「噓——」

她就像是被陷阱一步步誘拐過去的小動物，一步步、躡手躡腳地靠近森林，最後乾脆撥開草叢走了進去。

咦？我微微一愣。

本來只是想在名間鄉悠哉地度過一個早上，下午再到日月潭附近的景點……看來計畫要變更了。

但是，這很符合旅行中白宣的做事風格。

我一句話沒說，跟上白宣的背影。

「透光兒，快看那邊。」

「嗯？」

一條小溪在不遠處的低地現跡。

越過地上突起的樹根，潺潺水聲就是從那邊的低地傳出來的。

我們費了一點時間在外圍森林移動，走到了低地旁。

野溪與石床在眼前展開。

水質乾淨透明，更能看見平靜水面之下的小池子與河床。

「是野溪……」

白宣露出動搖的神色，只因為看見如此澄澈的野溪。

她一不做二不休，打算往上游溯源。

「妳認真的嗎？」

「嗯，我早就很想走到野溪上游了，我想看看上游的風景。」

我不知該怎麼回答。

「名間鄉的野溪，可能就是臺灣最乾淨的溪水之一喔！還有這裡的自然環境，山巒交錯的地方，你不覺得很好玩嗎？祕境啊！走吧，透光兒！」

「遵命。」

白宣走了幾步，意識到我沒有跟上，她回過頭走我旁邊，伸出手牽引著我的衣袖。

「好啦，我會走啦。」

時常與人保持若即若離距離的白宣使出這招，沒有人有辦法抵抗。

她抿起的嘴唇終於微微一笑，輕易地安撫了我最後的不甘不願。

太犯規了。

一頭栗色長髮隨風飄動，傳來一股淡淡果香。白宣身穿水藍色的連帽外套，搭配深色短裙。

裙襬搖曳，她往小溪上流走去。

擁有美麗背影的白宣，在時有時無的林蔭之間穿梭，陽光偶爾會映射到她白皙的臉蛋上。

她的雙眸一直是那般明亮。

也不知道走了多久，野溪的邊緣常常沒有正常的道路可以走，不是走在窄小得難以步行的沿岸，就是走在充滿大小石頭障礙物的崎嶇地形。

那道身影會放慢速度。

但從不停下。

「白宣，等、等等我。」

高難度的溯溪之旅使我的體力大幅下降。舉手喊停之後，我抹了把汗，大口喘著氣。

長時間走路、跑步，儘管很累了，但我仍然站著，沒有把手扶在膝蓋上支撐整個身體。

身體的重量會對膝蓋造成很大的負荷。

白宣以前教過我。

她回過身，微微地呼著氣，頸間與瀏海也滲出了一層薄汗，鼻尖微微透出粉嫩紅色。

「累的話，就稍微休息一下吧。」

「好，我是真的累了。」

我在野溪邊的扁平石頭上坐下。這塊石頭在樹蔭之下，完美地隔絕了鑽出雲層的陽光。

我大口呼吸著山林野溪間的空氣，只差沒有在石頭上躺平。

「嗯……」

白宣若有所思地望著潺潺小溪。

幾秒後，她扶著一旁較大顆的石頭，保持平衡。她微微曲起白皙得幾乎能自體發光的大腿，手指探入腳跟與鞋子的縫隙。

手指輕勾，卸去了鞋襪。

赤裸的腳掌踩在野溪畔的土地上。

柔嫩的腳趾，點上了溪水。

接著，白宣前傾上半身，栗色長髮紛紛從肩膀後方落下。她再次手指輕勾，脫掉了另外一腳的鞋襪。

兩隻光腳丫踩在土地上，她從小巧的背包裡拿出拖鞋，套上了她白嫩的裸足。

陽光突然閃耀，越過了層層白雲。稍顯刺眼的光芒，一點也影響不了白宣此刻在我眼中的存在感。

她穿著拖鞋，從柔弱無比的腳跟、腳踝，往上延伸到光滑的小腿與曲線豐滿的大腿。

美得令人目眩。

她單腳踏入野溪，沁入人心的冰涼讓白宣忍不住發出舒服的聲音。

「唔，好舒服……透光兒，休息完了你也下來走走，這裡的溪水好冰涼！」

「好啊，我再坐一會兒，就會下去了。」

休息片刻，本來今天我就是穿著旅行用、鞋底比較厚的拖鞋出門，剛好不用再換鞋子了。打定主意，我也踏入野溪。

那股涼透人心的溫度從雙腳一路直衝腦門。

站在野溪中央，水深到小腿肚一半的溪流帶來些許衝擊力，還是可以自由地走路，只是有點耗力。

我在原地試著走了幾步，掀起了溪水深處的砂石。

習慣了野溪的溫度後，我走到白宣身邊，她非常開心地看著我。

「透光兒，在這裡也可以抓魚喔。」

「拜託不要，妳難道想在這裡展開野外廚房系列？」

「野溪抓魚，現場架火堆來烤……似乎不錯！」

「這樣說來妳剛剛沒想到嘛。」

「所以謝謝你了，嘿嘿。」

白宣從後方把雙手搭向我的肩膀，揉了幾下後放開。我回過頭看她在幹嘛，結果她真的彎下腰準備抓魚。

「空手抓魚？」

「你以為很難嗎？」

「即使有工具都很難抓到吧，魚的速度很快，又在水裡……」

「我看過熊先生的野外求生很多次呢。」白宣莫名驕傲地說：「區區空手抓魚，難不倒我的。」

「在 Youtube 上看的野外求生影片，看無數次也不代表妳真的可以做到好嗎？」

我忍不住吐槽。

白宣只是抬頭看了我一眼，擺出淡然的眼神。

「的確，一般人可能真的和你說的一樣，畢竟看別人抓魚一百次，卻沒有自己下過溪裡一次。不過，我們是追逐夜星的白宣。」

「好吧，我開始相信妳了。」

「來，透光兒，一起抓。」

白宣站在小溪中央，像是全然接受野溪般敞開雙臂。

她繼續說道：「赤手抓魚要注意自己跟水流的方向，人要站在魚的下游，再注意影子不要蓋到魚所在的區域。」

「嗯，瞭解。」

我與白宣分別站在小溪兩側，看向上游的水域。

「因為溪水有折射的關係，手伸出的位置，要比魚所在的位置更前面。」

「好，讓我試試看。」

「熟練之後，動作加快，試幾次之後就抓得到了。」

說完，白宣快速地把手探入水中。

手再次伸出時，空無一物，但她毫不氣餒地甩甩手。

「沒抓到也很正常，掌握訣竅，再鎖定魚會群居、窩在一起的地點，多試幾次就有機會抓到了。」

「群居的位置在哪啊？」

「河道兩側的石頭底下，常常有魚窩在那裡休息。」白宣莞爾，「這一點跟人類很像，會躲在曬不到太陽的地方鬼混。」

我無言了幾秒。

無數水滴沾在白宣細嫩的大腿上，順著筆直長腿一路往下，她的小腿隱身在小溪之中。

「我們來比賽吧，看誰先抓到魚。」

「好啊。」

語音剛落，光影流轉而至。

白宣提議的抓魚競賽，勾起了我在東海岸的回憶。

在沙岸上比賽抓隱藏在沙岸之下的旭蟹，誰先抓到誰就獲勝的遊戲。

好懷念。

這也勾起了我另外一個更深刻、來自腦海深處的畫面，那也是追逐夜星的白宣頻道的主形象圖。

白宣坐在沙岸上，雙手環抱住膝蓋。

微風吹拂著她的淡栗色髮絲，她的表情看起來像是在追憶著某些消逝的事物，混合著憂鬱與悲傷。

我的思緒，也在不意間飄向遠方。

「三、二、一，開始。」

三聲之後白宣展開了動作，這時候我才回過神。

只見白宣不露痕跡，輕盈地移動到溪中的大石頭旁，上半身不斷壓低、壓低，貼近水面。

隱藏著自己的氣息，白宣迅速鎖定了目標。

幾秒後，單手飛快探入水中——

以結果來說，白宣理所當然地獲勝了。

她抓到了兩條魚，大概花了十五分鐘。

我則是一條也沒有抓到。

「雖然抓到了，但是花了好久的時間。徒手在野溪中抓魚太難了，跟在封閉的水池抓魚差很多。」

白宣單手扠腰，仔細地結論。

魚是抓到了，但我們沒有真的在這條杳無人煙的野溪邊烤魚，主要顧慮到不想汙染自然環境。

除此之外，雖然只持續了大概十五分鐘，但激烈的抓魚動作與全程極度專注地繃緊神經，也讓她非常疲憊。

跟我一起回到溪邊後，她獨自走到小溪更上游的地方。

白宣緩緩地蹲在小溪邊。

她把雙手往後伸，繞過肩後，兩隻手分別梳理垂落在肩後的栗色髮絲。左手分出一縷、右手分出一縷，再慢慢地順到胸前。

她拿下套在手腕的橡皮圈，將胸前左右側的髮絲綁成兩條簡單的長辮。

溪流平靜。

水流緩緩。

綁完頭髮的白宣，臉蛋上還沾有幾滴溪水。

說起來，這是我第一次和她一起闖入深山野溪。

蹲在溪邊的石頭上，一雙如蜜般甜美的大腿因蹲姿而呈現在眼前。她雙手托著臉蛋，手肘支在膝蓋上，靈動的眼眸望著溪面。

水面上，漂流著幾片落葉。

「吶，透光兒。」

「怎麼了？」

我漫步走到她身邊，跟著蹲了下去。

清澈澄淨的溪水在我們眼前流過。

溪邊有股清冷的氣味，來自遠方的風，引起了身後樹林的樹葉騷動。

留著雙辮造型的白宣，身影與氣質都變得更加柔和了。

好美。

跟大自然的清靜十分相配。

白宣一度想說什麼，卻又沒有開口。

她在猶豫，證據是她正用手指撥弄長及胸口的辮子。

為什麼那麼隨意地束起頭髮，輕巧地將長髮分成兩辮，卻這麼吸引我的視線呢？

我看向白宣，這才發現，她的雙眸早已望向更遠方的中央山脈群峰。

白雲繚繞的終年煙雨之地。

一股自然而然的憂鬱，從白宣抿起的嘴唇、撥弄髮梢的手指、空靈的雙眼，種種細節都可以窺見。

她就坐在我旁邊，但彷彿獨自處於另外一個世界般難以真正地靠近。

我時常有這個感受。

即使我有自信自己是白宣最親近的人、最瞭解白宣一切的人，但是，但是啊，就算是我，也並非伸手就能觸及身邊的她。

「你喜歡旅行嗎？」

「喜歡。」

「說實話。」

「沒有人會討厭輕鬆又快樂的旅行吧？不用費什麼力氣，就能看見優美的風景，體驗平常難以接觸的文化，沒有人會討厭這種事。我也不例外。」

「嗯嗯。」

「跟妳一起探索祕境，品嘗最道地的美食，親身接觸那些文化風情……有時候，還能吃到妳親手做的野外料理。」

「所以呢？」

白宣細聲追問。

傻傻的，怎麼會對自己沒有自信呢？

「怎麼可能討厭？」

我發自內心地笑了，「我們頻道大部分的旅行我都很喜歡。只有我自己，我也可能會去那些地方旅行，何況有妳的陪伴呢？」

跟妳去，更開心。

說不出來的言外之意，觀察力敏銳、冰雪聰明的白宣不可能沒有發現。

她暫時沉默了。

粉櫻色的紅暈，在她兩邊酒窩漸漸渲染。

「笨蛋。」

休息了一陣子後，我們起身返程。

首先我們要走回馬路上，再前往下一個目的地。

「透光兒，你想吃魚嗎？」

「想吃。」

我快速點點頭。

白宣好奇地看著我。

「咦？這麼肯定，為什麼？」

「因為純淨的水質可以讓魚長得更加鮮美，魚肉的口感更好。好歹我也是追逐夜星的白宣頻道一員，這點知識當然一清二楚。我們正在南投的名間鄉，這裡的水質是臺灣數一數二純淨的水了。」

「沒錯。」白宣似乎很滿意我的回答，「剛剛在野溪裡抓魚，最後還把魚統統放掉了，是因為我不想破壞環境。」

「嗯，我知道。」

「但這裡的魚我很想吃，跟你一樣，所以我們換個方式……呵呵，該去找我早就聯絡好的魚塘了。」

白宣輕飄飄地說完，照例地留白。

我們回到馬路上，牽出放在樹林裡的腳踏車，一前一後奔馳。

下一站是南投魚池，有著日月潭的魚池鄉。

南投魚池鄉。

後壁林附近的休閒魚塘。

這裡一定就是白宣口中早就聯絡好的魚塘。

「終於到了。」

「嗯，找地方停腳踏車……透光兒，接下來要做的事你可以坐著。」

「那就好。」

「等我。」

白宣輕快地走向棚子。

等待的時間，我靜下心眺望著後壁林周圍的景色。

這裡的的空氣不同於野溪旁那股清冷的味道，而是風一一吹過多座主峰，穿透了層層白色雲霧，拂過數不盡的梯田與連綿綠野，所帶來的田野氣息。

這一瞬間，我清楚無比地感受到自己身在南投魚池。

「透光兒、透光兒。」

遠處傳來呼喚我的聲音，我望向站在棚子底下的白宣。

她的手上拎著一根長長的釣竿。

……剛剛是在野外小溪徒手抓魚，現在是在田野間的魚塘裡釣魚了嗎？

我走過去跟她會合，接過她遞來的釣竿。

一摸材質，是玻璃纖維製的釣竿，比竹竿輕，耐用、不易斷裂和變形，相當適合初學者使用。

「你會釣魚嗎？」

「呵，這是我少數可能贏妳的項目。」

「透光兒，你這一聲『呵』我記得了。」

白宣撇撇嘴，露出等待挑戰的笑容。

我們在魚塘邊找了一塊有樹蔭的區域，當作這個下午釣魚的基地。

基地裡有著瓶裝礦泉水與飲料，還有幾塊巧克力。釣魚所需要用到的餌料，白宣也向魚塘的管理者拿來了一小袋。

我們迎著微風站在樹蔭下，不約而同地對池塘撒餌。

白宣那在太陽之下閃耀的雙眼，在我身上停留幾秒。

「原來透光兒真的略懂釣魚。」

「不是略懂好嗎。」

「又來了。通常計較別人說他不會釣魚的人，都不是真正的高手呢。」

白宣竊笑著。

我擺出無奈的表情，對偶爾調皮的白宣沒有任何對抗之力。

「在野外池塘釣魚，比較偏向止水釣魚，先撒魚餌做出窩子，吸引魚群和留住魚群，往往決定了之後釣魚的成果。」

「好了——說明太長，觀眾開始抗議了。」

「咦？妳在直播嗎？」

白宣偷偷在直播！

我瞪大了雙眼。

目光左右掃了一遍，都沒有看見白宣放置的攝影器材。

「沒有在直播啦，只是我會錄影，一個鏡頭的長時間錄影，回去之後我會找時間進行後續的編輯。」

「喔喔！這樣的話我沒問題。」

「嗯，那窩子做好了嗎？」

「看起來差不多了。」

憑著其實也沒有幾個月的釣魚經驗，我有些心虛地回答。

不知道白宣是不是有看穿的我虛張聲勢呢？

保持若有似無微笑的白宣點點頭，指了指右邊身後的地上。順著手勢望去，那裡用架子立起了一支手機。

「白宣，妳是開錄影模式吧？」

「沒錯，我確認過了。」

魚塘的管理者有給這裡的釣客小凳子，白宣跟我在準備好的釣點——樹蔭之下放了兩張小凳子。

坐下之後，我們等待著池塘裡的臺灣鯛、鯽魚、鯉魚和草魚游到窩子下吃餌。

白宣悠哉悠哉地把餌串到魚鉤上。她的身影被大樹的影子覆蓋，本身的色彩彷彿染上一層灰階。

「吶，透光兒。」

「嗯？」

「暑假作業你寫完了嗎？」

第一時間我沒有反應過來。

「……還沒。」

旅行中的白宣，在我心中切換成了另一種身分，不再是那個與我同班的二年級生，不是那個極美的名字會與我一起寫在值日生欄的人。

而是擁有數十萬人訂閱的Youtuber——白宣。

「哈哈哈哈。」

意識轉了一圈後，我才噗嗤一笑。

「暑假作業？那是什麼？」

「不要裝了，再過幾天我們就要開學了哦。」

「沒事，我的進度、我的進度……」

「嗯？」

白宣湊進，身上的甜香飄散。

見我沒有回應，她咧嘴笑了。

「裝死，不能解決問題。」

「暑假作業這種東西，只要開學前一天晚上，用鉛筆畫出六芒星，把暑假作業放進六芒星裡，再泡一杯熱巧克力，把蛋糕擺到作業旁邊……隔天早上起床，作業就會被晚上跑出來的小精靈寫完了。」

「嘿，透光兒，你那樣只會跑出螞蟻而已。」

白宣故意戳破我編織的童話故事。

她重新坐好，將綁上餌食的魚竿對著窩子甩出去。

姿勢看起來絲毫不費力，有充分運用到手臂、腰部旋轉的力量，釣線順著白宣甩出的方向在半空中劃出一道美麗的弧線。

浮標漂浮在水面上。

……這看起來顯然比我還要專業。

我開始思考白宣的人生，到底經歷過何其豐富的體驗？

我把魚餌套上鉤子，在腦海裡模擬了一下動作。

吸了一口氣，我站起身把魚竿向窩子附近甩去。浮標同樣在半空飛行了一段時間，勉強墜落到窩子附近的水面。

幸好還行，我暗自鬆口氣。

雖然白宣一定不會笑我，但不知道為什麼，我不想在她面前漏氣。

白宣坐在凳子上，手裡握著釣竿。

她拍拍小凳子，示意我快點坐下。

「透光兒，我們先釣一陣子，釣到最想吃的魚，就停手好不好？」

「沒問題啊。」

「一人釣一隻想吃的魚。這裡的魚塘主人跟我爸爸是老朋友，我以前就來這裡釣魚過了，魚的種類很多。」

「在野外的池塘，又是用魚池鄉的水養出的魚……一定肥滋滋。」

釣上來的鮮美臺灣鯛，肥嫩又新鮮，如果能立刻撒上厚厚一層鹽巴烤來吃，光是想到那烤魚的香氣……

鹽巴配上烤的方式，能逼出魚本身最高的鮮度。

記憶中的烤魚香氣，輕易勾起了我的欲望。

好想吃。

尤其是白宣親手抹上鹽巴，以熟練的手法料理過的烤魚。

「呵呵。」

嘴邊漾起微笑，視線之中的水面也漾起波紋。

這就是我喜歡和白宣一起旅行的原因。

能一直陪伴在她身邊，也能在旅行中跟她一起探險、尋訪美不勝收的祕境，最重要的是能品嘗白宣親手做的料理。

無可替代的美食。

我集中精神，感受著魚竿傳來的觸感。

水面平靜，從浮標觀察的魚訊告訴我，還沒有魚主動上鉤。

「天氣真好。」

白宣沒頭沒尾地冒出一句。

確實，今天的天氣很棒。

灰暗的天空、無風又很悶的天氣，魚類通常會減少攝食。

大風大雨也不適合釣魚。

如果是微風或微雨的天氣，水中含氧量較多，像是此刻的南投魚池，和煦的陽光偶爾從雲層後透出光芒，夾帶著涼快的微風，最適合釣魚了。

白宣那邊突然有了動靜。

浮標動了幾下，白宣等待到最適切的時間——往上猛力提竿。

「上鉤了。」

魚嘴已經被魚鉤勾起了。

白宣淡淡地微笑。

她捲動著集線器，緩緩把魚捲向自己。靠近岸邊時，她拿出浸泡在水裡的網子準備收魚。

想了一想，她又將網子放下了。

「手裡的重量有點輕，感覺這條魚不夠大。」

「是嗎？」

「嗯，看一下就知道了。」

白宣把捲到岸邊的魚從水裡提起來，果然是一隻約莫手掌大小的吳郭魚。

她對於自己的精準判斷一點也不意外，動作流利地把魚放回池中。

重新上餌，白宣再次甩出魚竿。

……我這邊怎麼沒有動靜呢？

「透光兒，你如果完全沒有翻開過暑假作業，那我就不能和你聊了。」

「聊什麼？」

「暑假作業其中一項，是要寫對高二的展望。」

「喔，過了這個暑假……也就是再過幾天，我們就升上高二了。」

我後知後覺地說道。

從高一升上高二，對我而言似乎沒有任何差別。除了年紀增加一歲，平常在做的事與該做的事，也不會有變化吧？

然而，白宣似乎有些落寞。

隱身於大樹陰影之下的她靜靜地坐著，雙手握著釣竿，失神的雙瞳往池塘或更後方山林眺望。

明明我們同樣身在這裡。

心，卻不在同一個地方。

我深刻地被白宣無意間呈現的模樣所震撼。

明明與我一樣在陰影之下享受午後那令人放鬆的氣氛。

空氣清新的南投，風光明媚的魚池，時不時吹來的風更帶走了身上多餘的黏膩。整體來說，非常愜意。

但她的心，不在這裡。

我愣然了一陣子，才有餘力重整思緒。

「妳對高二的期望呢？」

「才不告訴你。」

「少來了，說喔！」

白宣既然提起了，她內心深處一定想要和我聊那件事。

我換了一個方式，改用示弱的口吻說道：「妳先說，說完之後我也跟妳講。」

「好啊。」

白宣因投向遠方而失去交距的雙眼，轉回到我身上。

四目相對。

每當那雙迷茫的眼眸對著我，我就無法別開視線，即使想要避開，也無從動作。

我摒住氣息，直到她幽幽地開口。

「再過幾天我們就是高二生了。透光兒，你還記得，我們一開始是怎麼認識的嗎？高一剛開學時，我會在放學後的圖書館裡寫企劃，剪影片……你時常會在圖書館裡我坐的地方附近看漫畫。那一區比較靜謐，還有沙發，大部分時間都只有我們兩人在那裡。你常常會用好奇的眼神看向我。」

「嗯，我當然記得。」

「反正我就在想，那個男生好像很在意我在幹嘛，會不會來搭訕我啊？果然，沒幾天他就來搭訕我了……我沒有預料到的是，他居然看過我的 Youtube 影片。那時候我還不怎麼出名，但是，他居然知道我是誰。」

我會心一笑，心裡湧出暖暖的感覺。

當初那股難以置信又震驚的情緒，就像是發現只有我知道價值的寶藏一般的喜悅，至今難忘。

在圖書館最初相遇的時間，早已化為珍貴的寶物，被我收進了藏寶盒之中。

太過珍貴的收藏。

白宣輕輕眨了一下眼睛，深邃的雙瞳透出一點歲月逝去的憂傷。

「他知道我是誰，之後還和我一起做影片，很多天很多天，我們一起在家裡或在放學後的教室做影片。把課桌椅併在一起，坐在前面的人倒轉椅子，面對面討論著文稿跟劇本。」

「嗯。」

白宣低著頭，認真為了劇本煩惱的模樣，就彷彿腦海中的照片，不論何時回想，畫面都那麼清晰。

「我從來沒有想過，在學校裡可以遇到這樣的人。可以和我談論我最喜歡的事，可以開心地跟我一起做影片，不管我是哭是笑，總是陪在我身邊。」

白宣以清澈得令人無可自拔的語氣說道。

我說不出話，但很快樂。

說真的，我也沒有想到能在學校遇到一個 Youtuber。

前一天在螢幕裡看到。

隔一天在學校裡看到。

那樣的感受，實在難以言語形容。

白宣轉正了身子。

不再面對著我，而是面對著青色的魚塘。

她緊握著釣竿。

「那是我在一年級遇到的人，跟著那個人——也就是透光兒你，我們去了好多好多地方旅行，製作影片上架頻道。剛好這一年也是 Youtuber 爆發的一年，我們搭上了順風車，靠著野外料理與祕境探險作為主題，成為有一定名氣的 Youtuber。」

「下一年呢？妳在思考這個吧？」

「對。」

白宣將栗色長髮別到身後，她認真地在思考著未來，為高二的生活而煩惱。

淡淡憂鬱，輕輕迷茫。

握著魚竿，她微微縮起的身子，帶著青色的乾淨池面倒映著她的身影。

她因心情低落而垂下的唇角。

陽光照耀著後壁林，點點光芒在池面上一閃一閃。微風從我們身邊吹過，牽動了水面上的落葉。

「妳的高二，想到怎麼過了嗎？」

「……還不是很確定。」

「我以為妳已經寫好了呢！」

「沒有。」白宣苦澀地嘆氣，「整個暑假作業……我就差這一項沒有寫而已。高二的展望？我沒有方向。」

「我給妳一點建議吧。」

「嗯。」她的聲音極輕。

「妳可以寫我們要去哪裡旅行、探索什麼樣的祕境、把哪些美好的風景與美食拍成影片——這是比較直接的。也可以訂下一個發展目標，像是達成百萬訂閱……」

「夠了。」白宣輕描淡寫地說。

我隱約意識到，她不想聽到這些，還盡量不想露出反感的態度。

為什麼？

白宣怎麼會對於身為 Youtuber 的展望反感呢？

「透光兒，我想知道的是，接下來的路我該怎麼走？不是追逐夜星的白宣，而是真正的我。現在，在和你說話的我。」

「真正的妳……」

「嗯，即將升上水昆高中二年級的高中生，會為了暑假結束而煩惱、會為了段考煩惱的我。」

白宣穿著那件單薄的水藍色連帽外套，用袖口處摸著自己的頭。

她認真地在煩惱。

看著她這副模樣，我也陷入苦惱，想了一下子才建議道：

「開開心心地度過青春洋溢、宛如玫瑰色渲染的高二校園生活？」

「可是，那是我想要的東西嗎？」

「妳想要什麼？」

「我最想要的東西……」白宣沉吟了許久，才像是終於想起什麼一般，輕拍自己的大腿，突然側頭望著我，說出發自內心的答案：

「是夜星。」

追逐夜星的白宣。

她的神情，在說出答案的下一秒，變得更加黯淡失落。

「可是對我來說，夜星又是什麼東西呢……」

一道難以靠近的玻璃圍牆乍然出現。美得令人屏息的她，彷彿獨坐冰宮王座的公主，光是想要碰觸她，都可能受到傷害。

我很想伸手摸摸她的頭，給她一點安慰，卻無法探入她身邊的空間。

氣氛變得沉重。

不管了，就算丟臉我也要說出來——

偏偏就在這時，魚竿終於傳來重量，浮標動了！

摒住呼吸，我依循著直覺在正確的時間提竿——魚上鉤了。

手裡傳來的重量，這是大魚。

白宣被我的動靜吸引，蒼白的臉蛋轉過來時，我大聲對她說道：

「白宣，妳想要夜星的話，我會為妳摘下來。」

「你……」

白宣一愣後，空靈的雙眼主動躲避了我。她輕輕抿唇，閉上眼睛，吸了一口氣，粉色的紅暈在她的臉蛋散開。

這、這是在不好意思嗎？

此夜星非彼夜星，我當然明白。然而追逐夜星的白宣，追求的夜星到底是什麼——我也不知道。

就連她本人，也還在迷茫。

無論如何有讓白宣的心情好點，繼續釣魚，那就足夠了。

「嘿嘿，來看看我釣的魚有多大隻。」

我捲動著捲線器，把上鉤的魚謹慎地拉向岸邊。

靠近岸邊時，激烈掙扎的魚身漸漸浮出水面，可以清楚看見那是一條約兩個手掌長的臺灣鯛魚。

鯛魚擺動尾巴試圖逃走，但我很快用網子將牠撈起。

「白宣，我的就是這隻了。」

「呵呵，看來透光兒真的會釣魚呢，以後我們可以去各個地方的野溪釣魚。」

雖然甩竿和提竿的動作有點不流暢，至少透光兒的運氣是一流的哦。」

運氣在釣魚來說很重要。

白宣恢復了精神，又開始偷偷挖苦我。

「等我釣一隻。」

「嗯，好。」

白宣把注意力擺回魚塘，沒有多久，她也釣起了一隻鯖魚。雖然不算特別大隻，但她很滿意地看著那條魚。

「這條魚的肉質很彈嫩，透光兒你那條也還行。」

她將魚放進去裝著冰塊的水桶，再把魚竿交付到我手上。離開樹蔭，陽光之下的她露出燦笑。

「走吧，我們去烤魚吃。」

白宣提著水桶，我帶著釣魚工具，一起走回棚子。

她借到廚房，清洗了魚身，脫下外套捲起袖口，著手料理臺灣鯛與鯖魚。不去鱗，直接裹上厚厚一層鹽巴，放在柴火上火烤。

鱗片把魚的水分跟精華鎖在魚肉中，外面裹的鹽又些微地滲入魚鱗裡，讓魚肉的味道提升到另外一個層次。

誘人的香氣隨著火烤撲鼻而來。

白宣蹲坐在火邊旁，用手轉著烤架。

「謝謝你，透光兒。」

她柔聲說道。

CHAPTER 6

後話，日月潭。

日月潭是臺灣知名的天然湖泊，盛產各種魚類，位於海拔七百多公尺，四周群山重重，寧靜而悠遠。

站在潭邊，能看到平常難以瞧見的山湖一色美景，早晨、黃昏、夜晚都有不同的變化，如畫一般夢幻。

我與吳疏影從日月老茶廠悠哉地移動到了日月潭步道。

據說日月潭附近的步道與自行車道加起來有十多條，我與吳疏影挑了最能貼近湖面的步道。

天空一度降下細雨。

我與吳疏影躲進步道邊的涼亭，看著點點雨滴落在潭面上。雨水特有的味道，混和著山林氣息，空氣非常清新。

雨勢僅僅維持了不到半小時。

原先乍暖還寒的氣溫，在雨水的影響下變得更冷。

海拔七百多公尺，氣溫比平地更低，我穿的外套足夠保暖，但雙手早就插進口袋，戴起了外套連帽。

雨後的日月潭雲煙繚繞，如龍一般的白煙盤據潭面、周圍的山巒，讓整個日月潭更顯矇矓。

雨停後，我和吳疏影在黃昏之前來到了這條步道最貼近日月潭湖面的地方。潭畔草坡地。

沿著步道斜斜向下切入，直到日月潭水面旁的青草坡地。

站在潭水前方，吳疏影忍不住驚呼。

「好美。」

「嗯，真的。」

我附和。

從這個角度看去，幾乎沒有任何建築物突兀地出現在潭邊。

乾淨的湖水往周圍山巒蔓延，日月潭如一面巨大鏡子，默默地躺在中央山脈之間，倒映著群山與藍天白雲。

我的視線停留在水面，久久難以收回。

日月潭的湖水帶了點碧綠，正因如此與四周的山林，融合得分外完美。

「要坐下來嗎？」

問完，我席地而坐。

今天我一定要在這裡看到日月潭的落日。

「大概要等多久啊?夕陽。」

「我也不知道，再半小時左右吧？」我隨口回道。

「那好。」

吳疏影在我身邊坐下。

坐在日月潭畔的草坡地，她摸摸那頂貝雷帽。

我們並肩坐在潭畔青草坡，等待夕陽。

「這是妳第一次來日月潭吧？」

「嗯，是啊。」

「那開心嗎?從馬太鞍濕地開始，到大農大富平地森林園區，再到日月老茶廠，最後來到日月潭旁邊……這一次的旅行，好玩嗎?」

「很有意思。如果沒有你的邀請，我可能很久很久過後，甚至這一生，也不一定會踏上這些地方，但它們都是很美的土地。柳透光，跟你走過一趟後……我再次確定了一件事。」

「什麼事？」

吳疏影抿起嘴，暫時沒有回應。

就讓她慢慢想吧。

坐在青草坡地上很舒服，我乾脆順著斜坡躺下。

鬆軟的青草坡承受了全身的重量，我用雙手枕著頭。

吳疏影莞爾，看著我的動作，她將腿向前延伸，但沒有跟著我躺下。望著日月潭碧藍的水面，她微微漾起一絲輕笑。

「就算只跟我相處這幾天，你也應該發現我是一個很任性，說做就做、說哭就哭，不會管理由的人吧？」

「我知道。」

第一天走進浮萍大學，吳疏影就在我眼前哭得淅瀝嘩啦。

因為遇到了很悲傷的事，所以想哭。

即使有第一次見面的陌生人在，那又如何？

從那一天起，我心裡早已明白她是個非常感性的人了。

「比起理性思考，聽到事情發生後第一時間思索判斷，心裡怎麼想就怎麼做才是我的個性，我一直是個感性用事的人。」

「呃，感覺我會聽到很不得了的事。」

「哈，還真的有可能。」

吳疏影輕笑，彷彿即將訴說的是毫不關己的事一般。

她用手輕撫著身旁兩側的青草，細長的手指、蒼白的膚色、骨感的手腕，在在顯示了她的瘦弱。

她輕咳兩聲，醞釀情緒似地稍作停頓，才緩緩開口。

「我現在大一，在浮萍大學影藝相關的科系就讀，這是我讀大學的第一個寒假。說實在話，我一直感覺自己真正走過的地方太少，很多老街，很多具有人文情懷、文化寄託的景點，我都沒有去過。」

「妳去過的地方是真的有點少。」

這一點我很同意。

說到這個，很多創作者常常會陷入同樣的困境——

在紙上創作與螢幕上看遍世界美景名勝，實際卻從未踏上其他土地，甚至鮮少走出家門。

不過這項創作型 Youtuber 的困擾，剛好和我與白宣無緣。

「我的雙眼透過電影看過世界各地的美景，也看過各式各樣發生在世界各地的故事，但都不是親身的體驗。」

「嗯。」

「柳透光，在這趟旅行前，我的雙手甚至沒有真正摸過幾朵野外的油菜花或大波斯菊，也沒有親眼見過盛大的花海，雙腳從來不曾踏進冰涼的野溪……更遑論親自體驗石頭魚湯這種原住民文化的料理。」

「妳說的這些，其實一般人也不一定接觸過。」

「但我不想當一般人。」

吳疏影的貝齒咬著下唇，不太甘心、微帶生氣地側過頭。

我微微一愣。

專門評論冷門電影與獨立電影的頻道「四月評」，其創作者是知名影評Youtuber四月。

她當然不是一般人。

我維持著雙手枕著頭的姿勢，沒有多作回應。

這一趟從花東縱谷平原開展的臺灣深度探索之旅，深入祕境與野外料理，是追逐夜星的白宣頻道典型的旅行路線。

吳疏影看到了連綿成一片的金黃色花海。

沒什麼力氣的手摘下了波斯菊。

隻身踏入了馬太鞍濕地的芙登溪，親手摸到了巴拉告捕魚裝置，也體驗到了當地原住民傳承多年的石頭煮魚湯。

在中央山脈騎著腳踏車。

聞到了飄散在空氣裡的天然茶香。

走上了翠綠色的梯田，親手摘下了一片小小的茶葉。

這些旅行的體驗，會內化到她心裡。

「這一趟旅行讓我收穫很多，也想了很多。」

「想了什麼？」

吳疏影十指交錯，那是她極少見的躊躇模樣。

「其實我之前就一直在想，想很久了。我很猶豫，要不要先休學一年在臺灣各地走走，同時暫緩四月評頻道的工作，時間夠的話就出國長待一段時間。」

「休學嗎？」

我稍稍驚訝了幾秒。

轉念一想，也沒有那麼意外，何況吳疏影是那種憑著直覺行事的人。

「對，影藝系能讓我學到東西，浮萍大學也是我很喜歡的學校，但只要我想，明年再復讀也可以。比起紙上教材跟影藝知識，現在的我更缺乏……人生體驗。」

人生體驗。

吳疏影重複了一次。

嘆了一口氣，她用手撐著地，從草坡地上站起身。

柔順的髮絲隨著呼嘯而過的冷風，向後飄揚，散出清雅香氣。

她回過頭，就像是想說什麼，又還在思考該怎麼說一般停在那一個動作。

「我想要休學。」

她換上稍微堅定的口吻。

太陽緩緩西下，在日月潭四周的山巒之間，漸漸閃出橙橘色光芒。

我站起身。

日月潭的夕陽，絕對不能錯過。

吳疏影與我並肩站立著，視線投向日月潭的彼方。

那裡是太陽逐漸西落之處。

「本來我還在猶豫，一直在想就這樣休學一年真的好嗎？暫時終止學業，我會不會在旅行的一年中什麼也沒有體會到，白白損失一年。」

「放心吧，妳不會那樣。」

「為什麼？」

「因為妳對要做的事一清二楚，從來不會懷疑。」

我平靜地回答。

這一點觀察我還是很有自信吶。

「你對我的評價真高。也是，經過這一趟旅行，我心裡已經釐清了答案——現階段的我，最缺乏的是實際體驗，雙手、雙腳、雙眼的體驗。做影評的人如果只待在家裡跟學校，寫的東西就永遠只能那麼淺。」

說到這裡，吳疏影露出心意已決的模樣。

她單手拎著裙角，單手輕壓耳畔向後飛揚的整片長髮。

紫色。

成熟，神祕，很有個人風格，率性而為。

與吳疏影很搭。

淡紫色長裙，與質地柔軟的白色襯衫，吳疏影整個人與背景碧藍色的日月潭面幾乎融為一體。

她們的顏色太過相像，宛如只是漸層。

層層山巒後方，即將西下的太陽閃出了數不盡的燦爛餘暉。光芒萬丈。

色彩由黃轉橙、轉橘色，最後橘色也變成了熾熱的紅色。

豐富的暖色一起渲染了天空，籠罩日月潭上空。

持續西下的夕陽透射而出的光芒，從日月潭彼方一路筆直地穿越了整片水面，染出一條屬於夕陽光輝的倒影。

日月潭。

猶似明鏡，倒映餘陽。

吳疏影看得入迷，任憑一頭烏黑的長髮隨著冷風搖曳。

「美吧。」

「美到我想不出形容詞了。」

「呵呵，妳這樣怎麼寫稿呢？就是因為有這樣的風景，我跟白宣才要走遍臺灣各地。不僅是我們自己想看，也想把這些很多人沒看過的美景帶到大家眼前。」

那也是追逐夜星的白宣頻道，一開始成立的目標之一吧。

夕陽逐漸消逝。

餘暉漸漸暗去。

直到太陽徹底西沉，天空變得灰暗，日月潭周邊的商家與船屋紛紛點起燈，作為夜晚的照明。

傍晚的日月潭，還不到夜深的時候那麼黑暗而深邃。

我與吳疏影不約而同轉身返回步道，踏上返程。

「妳的體力夠支撐到旅館嗎？」

「呼，還、還可以吧。」

「聽妳聲音都這麼虛弱了。撐好，真的不行的話我可以扶妳。」我有些擔心地看著吳疏影，她的體力真的太差了。

吳疏影吸了口氣，搖了搖頭繼續往前走。

「柳透光，明天就回臺北吧，我有好多事想做。」

「本來就是這麼安排。」

回到旅館後先好好睡上一覺，回復體力，不然真的太累了。

「是說，你之前想要我幫你做的事，是想讓王松竹試著彈琴，在Youtube頻道發揮他的天賦對吧？不要因為跟我賭氣、不服輸，而堅持不再彈琴。」

「對，我已經有計畫了。」

「明天好好跟我說。」

「沒問題。」我堅定地說。

當天夜裡，我們在傍晚走回了預定的旅館。深夜的日月潭應該是完全不同的另外一個景色，但就連我也很累了。

這一趟從花東縱谷平原開始的旅途，至此畫下終點。

我沒有想到能跟吳疏影一起這麼深度地旅行。

她沒有排斥過任何行程。

帶有原住民文化氣息的馬太鞍濕地、展示花東自然風景的大農大富平地森林、靜靜矗立的日月茶廠與日月潭，內容比我想像中豐富得太多。

這趟旅行製作成影片一定很有趣。

睡前，我看著深夜寧靜的日月潭湖面，發現幾條小船在潭面上飄著。心裡一片平靜的我，很快就睡著了。

隔天一早，我們從南投下山。

搭上接駁車返回海線的火車站，坐火車一路回到臺北。

火車上，吳疏影坐在窗戶邊的座位。

她背靠著椅背，單手支撐在內側的座椅手把上，頭微微右傾靠在窗邊。一頭烏黑的長髮，靜靜地躺在她的胸口。

我跟她說起心中的計畫。

吳疏影很認真地聽著，她是真心想讓王松竹重新坐回鋼琴椅上。那雙天生修長的手指，還有對音樂演出與編曲的造詣，不該就此埋沒。

他的琴聲，具我的經驗，甚至比小青藤的歌聲更能感動人心。

如果松竹不再彈鋼琴的話，實在太可惜了。

「這個計畫距離實行還要一點時間，也需要找到其他人配合，所以，麻煩妳先把場地準備一下吧。」

「好。」

聊完之後，吳疏影輕閉起雙眼。

慢慢地睡著了。

「……這樣也可以補眠啊。」我在一旁苦笑。

看來這趟旅行對她體能上的消耗，真的很大呢。

回到臺北，天氣微涼，不再那般寒冷，初春的氣息也飄散在臺北街頭了。

我們在火車站前就地解散，本來應該是要這樣的……但在火車上睡飽了，恢復元氣、很有精神的吳疏影忽然拉住我。

「吶，柳透光。」

「嗯？」

吳疏影猶豫了一秒，對她而言這都太長了。

「跟我去工作室一趟。」

「工作室？」

「對，四月評曾經的工作室，其實是我爸爸買下來的空套房。他找房客的運氣不是很好，所以我就用比較低的價錢跟爸爸租了。以前我跟王松竹常常一起窩在那裡。」

她聳聳肩。

「我想再回去那間工作室，加上你的計畫也需要使用到那裡，你有空的話，跟我一起去打掃吧。」

想了幾秒，我點點頭。為了松竹。

「走吧。」

「你打掃，我做蛋糕給你吃。」

「好啊。」

令我意外的是，原來吳疏影會做蛋糕啊！

這股詫異的情緒讓我忘記追問她的手藝……姑且先相信吧。

既然她這麼說了，表示工作室棄置了很久。至少，吳疏影這幾個月沒有去那裡做過影片，都窩在家裡或是學校的社團辦公室。

吳疏影在路邊攔下計程車，前往同樣位在臺北的工作室。

我們帶著飲料，跟吳疏影半路買好的食材。

「就在那裡。」

停留在社區前方，吳疏影朝上一指。

那是一間位於公寓三樓的套房，外表看起來就像是普通的住宅區公寓，在寧靜的文教社區內。

知名 **Youtuber** 影評四月的工作室就在這。

「等我一下，太久沒來了。」

吳疏影翻找包包，良久之後才找到藏在深處的銀色鑰匙。

她打開門的瞬間，一股封閉已久的灰塵氣味撲鼻而來，我連忙用手遮住鼻子與嘴巴。

「你在這等一下吧。」

吳疏影微帶歉意地說，先跑進去打開窗戶。

有了空氣流通，套房的味道也快速散去。

我走了進去，地板鋪著木板，踩起來很舒服。

房間的格局，玄關前方是靠壁式的流理檯，應該是廚房。往內走去，兩張併在一起的長條木桌上，有著泛黃的紙張與散落的筆。

角落放著一張小床，上頭還有一個睡袋。

我伸出手指在桌上一劃，盡是灰塵。

這間工作室，曾經是吳疏影與松竹常常窩在一起的地方。

同樣還是學生，卻身為 Youtuber，有著同樣夢想的他們，曾經走得很近，不僅是好友，也是一起追逐夢想的盟友。

這間本來他們在放學後常來的工作室，有多久沒人踏入？

有多久，工作室裡沒有吳疏影與松竹討論影片的聲音，沒有他們對影評選擇的電影、要不要彈琴的爭吵？

我停在原地，深深地陷入思考。

眼角餘光，瞥見一張掉落在地上的明信片，我彎腰把它撿了起來。

明信片畫上了一片浩瀚星海。

翻到另外一面，是松竹飄逸的字跡。

出現在黃道上的是雙子座跟金牛座，雙子座看起來很像是北字，北字的兩顆

頭的地方最亮。

冬季星空的王者是獵戶座，有時就算在臺北也能看得見。等妳做完新的影評，我們就去山上看看風景吧。妳不能一直在社辦或是工作室，這樣對創作的生涯發展不好。

這是寫給吳疏影的吧，這也是吳疏影在鄉村田園的夜晚所說過的話。

「那個布偶……還在。」

吳疏影走到角落，完全不怕灰塵與髒亂。

或許是因為對她而言，這裡是充滿友情回憶的地方——那遠比一切重要。

她從地板上撿起一個蘑菇布偶。

吳疏影說過她很喜歡蘑菇屋、樹屋、蟻窩這種造型特別的房子。

我記得她說過，那是松竹送給她的禮物。

可愛的菇菇寶貝布偶。

吳疏影把蘑菇布偶拿在手裡，雙眼直勾勾地看著。她沒有說話，整個人宛如進入了另外一個靜謐的領域。

她像是對待珍惜的寶物一般，將布偶擁入懷中。

我不確定，她在這一瞬間心裡究竟湧起多少回憶。

多少美好的片段。

多少激烈的爭執。

「柳透光，這就是當初我丟王松竹的布偶，還是他送給我的生日禮物呢。」

「沒事，打掃完把布偶放在桌上吧。」

他看到會很開心，我心裡想著。

「嗯，我知道。」

吳疏影低著頭，用手指稍稍撥順瀏海，即使她的瀏海本來就很順了。

我知道她在掩飾。

如果沒有這趟旅行，吳疏影與松竹這段曾經無比深刻的友情，不就註定只有悲慘的結局了嗎？會成為他們兩人，在之後的一生都迴避掉的青春片段嗎？

「好險……」

幸好，萬幸。

開啟空氣清淨機，她走進廁所拿出打掃用具，跟我一起掃地、整理雜物。

兩個人一起做，進度很快。

最後，剩下把雜物簡單裝箱放到一旁的工作。

「好像差不多了。」

「剩下的我來吧。」

「那我去做蛋糕了。」

吳疏影伸伸懶腰，先行走到廚房。

已經打掃得差不多了，我收到後來乾脆坐在椅子上，邊收拾長桌的東西，邊看著化身甜點師傅的吳疏影。

她穿著淡紫色滾邊的白色圍裙，意料之外地很適合她。

袖口因為不想在料理的過程中弄髒而反折，露出纖細的手腕。

穿上圍裙專心料理的吳疏影，製作著甜點，與她平常給人的那股文青的氣質，在冷門與小眾的道路孤獨前行的知名影評「四月」小姐……

兩者形象有些衝突。

但依然很適合她。

也不知道過了多久。

她身前的桌子上擺著一塊草莓塔。

吳疏影在草莓塔上擺上一顆草莓，修長手指，沾上了一絲白色奶油。

她抬頭看著我，輕聲說道：「謝謝你，柳透光。」

「別這麼說。」

「幸好我有接王松竹打給我的電話，才有之後的旅行。這塊蛋糕，就當作我對你的謝禮。」

「那也要夠好吃才行啊。」我笑著說。

——《迷途之羊03》完

Afterword
後記

最近混吃迷上了Youtube的一個日本創作歌手，他常找還不是很紅，但歌聲很有個人特色的網路女歌手一起合作。

以前我就聽過了，但最近喜歡上了春茶的聲音。

為了聽到更好的聲音，混吃就去買了一副耳機回家。

聽從一個朋友的建議，買了在業界還算有點名氣、以特化人聲、讓人上癮的人聲為招牌的旗艦耳機。

實際買來聽了之後……

以結果來說，這支耳機太讓混吃失望了。

第一次買這個價位的耳機當作入門，結果輕易相信朋友意見的混吃就被雷了。它沒有特化人聲，讓高音的部分更薄、更透澈，反倒走了均衡低音低頻的路線。

覺得失望。

當初買那支耳機，也有一部分是為了刺激性。

《迷途之羊03》後半段的創作之旅，這一支耳機還是陪伴了我。

這一次寫迷途之羊，是寫出心中早就有藍圖的第四位女角色——吳疏影。

更年長的大一生，但同樣有所迷茫。

故事裡，白家姐妹、柳透光、小青藤，甚至是王松竹，不論是普通人，或是當紅的 **Youtuber**，每個人或多或少都有心裡的迷惘跟憂鬱。

不知明天要走向何方。

我想要有一個在個性上更率性而為、更順從直覺，感性行事又值得依靠的姐姐型角色，讓她強烈地介入迷途之羊的故事裡。

有對比。

有衝突。

這個故事會因此更加美麗。

至於好多讀者一直追問混吃——

「吶，什麼時候才能找到白宣呢？」

其實我一直很想讓白宣出來，但在這種故事裡白宣太早出來，故事會很快結束。

我的心裡也很矛盾。

不過最重要的是，比起寫出劇情完整、編劇毫無漏洞、掌握起承轉合的故事，混吃更傾向寫出自己想寫的故事。

《迷途之羊》寫到現在第三集了，第二集上市之後的狀況，混吃看到了很開心。

幸好，我拚死完成了第二集，回應了大家的等待。

當時的狀況真的跟第二集後記寫的一樣，混吃是抱持著一種「繼續寫吧、繼續趕吧，反正死不了」的心態在寫稿，編輯也是燃燒了。

還好，最後如期出版QQ

偷偷寫幾個《迷途之羊》背後的事吧。

當初，混吃是用一張幾乎什麼都沒有表達、絲毫沒有提到故事細節，只有簡單方向的大綱提案。

當初，混吃提的另外一個自信滿滿的反烏托邦大綱一個早上就被打槍。

當初，吵架了好多好多次。

當初，混吃寫的前三萬字幾乎都被砍掉了（血淚歷史）。

最後，謝謝一路支持迷途之羊到現在的人。

參加 Youtuber X 迷途之羊活動的那十幾個人，我看到了都好感動。

謝謝所有相關工作人員，尤其是偉大a責編。《迷途之羊》能呈現在大家眼前，她的付出很重要。

——期望大家有一天，都能品嘗到青澀的迷茫。

Facebook & Instagram & 巴哈姆特，都能找到野生的微混吃等死。

想看混吃說話的話就追蹤吧。

求 CARRY。

微混吃等死

高寶書版集團
gobooks.com.tw

輕世代 FW286
迷途之羊03

作　　者　微混吃等死
繪　　者　手刀葉
編　　輯　林紓平
校　　對　謝夢慈
美術編輯　彭裕芳
排　　版　彭立瑋
企　　劃　方慧娟

發 行 人　朱凱蕾
出　　版　英屬維京群島商高寶國際有限公司臺灣分公司
　　　　　Global Group Holdings, Ltd.
地　　址　臺北市內湖區洲子街88號3樓
網　　址　www.gobooks.com.tw
電　　話　(02) 27992788
電　　郵　readers@gobooks.com.tw（讀者服務部）
　　　　　pr@gobooks.com.tw（公關諮詢部）
傳　　真　出版部　(02) 27990909　行銷部 (02) 27993088
郵政劃撥　50404557
戶　　名　三日月書版股份有限公司
發　　行　三日月書版股份有限公司/Printed in Taiwan
初版日期　2018年 9 月
七刷日期　2021年 3 月

國家圖書館出版品預行編目(CIP)資料

迷途之羊 / 微混吃等死著.-- 初版. -- 臺北市：
高寶國際, 2018.09-
　冊；　公分. --

ISBN 978-986-361-560-6(第3冊：平裝)

857.7　　　　107003453

三日月書版

三日月書版

GOBOOKS
& SITAK
GROUP©

GOBOOKS
& SITAK
GROUP©